Nuovi Coralli   168

PUGNALATORI DI PALERMO

1. Angelo D'Angelo, 2. Pasquale Masotto, 3. Gaetano Castelli, 4. Giuseppe Calì.
Il primo, propalatore, condannato a venti anni di lavori forzati; gli altri tre,
capi squadriglia, decapitati la mattina del 10 aprile 1863.

Pugnalatori di Palermo condannati a' lavori forzati a vita

5. Giuseppe Girone, 6. Salvatore Girone, 7. Antonino Serina, 8. Antonino Lomonaco,
9. Francesco Oneri, 10 Salvatore Favaia, 11. Giuseppe Termini. 12. Giuseppe Danaro
(Da una incisione del tempo di Dario Querci)

Il n. 7, anziché Antonino Serina, è Scrima Onofrio.

L'esecuzione di Gaetano Castelli. (Xilografia tratta dal romanzo popolare *I pugnalatori di Palermo*, di Salvatore Mannino).

Romualdo Trigona, principe di Sant'Elia.

Guido Giacosa.

Leonardo Sciascia
I pugnalatori

Einaudi

I pugnalatori

Principio sí giolivo ben conduce.
BOIARDO, *Orlando innamorato*.

«Fino a tutto il 1860 io fui avvocato patrocinante in Ivrea. Con Regio Decreto 17 dicembre 1860, fui nominato sostituto avvocato dei poveri a Modena coll'annuo stipendio di lire 3000. Con Decreto 25 maggio 1862, fui nominato Sostituto Procuratore Generale del Re presso la Corte d'Appello di Palermo collo stipendio di lire 5000».

Il 1° giugno del 1862 il *Giornale Officiale di Sicilia* dava la notizia: «Giacosa avv. Guido è nominato Sostituto Procuratore Generale presso la Corte d'Appello di Palermo collo stipendio di lire 5000». Questo nome – Giacosa – che nel figlio allora quindicenne di Guido, per i siciliani Luigi Capuana, Giovanni Verga e Federico De Roberto avrebbe molto contato nel senso di una sincera e durevole amicizia, di una affinità e solidarietà letteraria, di un rapporto con le regioni settentrionali e con l'Europa, per i palermitani che quel giorno lessero la notizia era soltanto quello di un altro piemontese che veniva a comandare in Sicilia, e con uno stipendio di cinquemila lire all'anno. Ingente, addirittura enorme: a immaginarlo in mille pezzi d'argento da cinque lire, quelli che ancora si dicevano *pezzi da dodici*, poiché equivalevano ai pezzi da dodici tarí sui quali lungamente era rimasta l'effigie nasuta e labbruta di Ferdinando e fuggevol-

3

mente era apparsa quella delicata di Francesco, in quel suo primo anno di regno che era stato per la sua dinastia l'ultimo.

Il *Giornale Officiale*, di solito attento agli arrivi e alle partenze di generali, magistrati e politici, non dice però dell'arrivo, subito dopo la nomina, del Procuratore Giacosa. Noi sappiamo per certo che nel mese di luglio era a Palermo: e sufficientemente ambientato, cioè già impaziente e insofferente di fronte alla «superficie verniciata, sostanza pessima» che la Sicilia gli offre. La lunga lettera alla moglie – non datata, ma databile dal discorso di Garibaldi al circo Guillaume che dice di aver sentito la sera avanti – è tutta nel cogliere il divario tra apparenze e realtà, tra realtà e apparenze. Le apparenze splendide e sussiegose che nascondono la realtà di «questo povero paese» in cui «i reati che vi si commettono sono orribili» e «da lungo tempo non si sa che cosa sia giustizia». Lo squallore fisico di Garibaldi, tale da deludere anche uno – come appunto il Procuratore Giacosa – che non lo ammira per nulla: non alto di statura, rosso piú che biondo, l'andatura da gaglioffo, la voce stridula, una pronuncia che marca la r al punto che «a Roma» diventa «arroma». Tra tanta delusione e desolazione (non ultima quella della scuola cui aveva iscritto il figlio Piero: «scuola, del resto, che ha molta piú apparenza che non realtà intrinseca», e si vedeva dai «progressi da gambero» che il bambino vi faceva in calligrafia e ortografia), due soli motivi di conforto: il Presidente delle Assise, siciliano innamorato del Piemonte, uomo attivo e zelante, del partito di La Farina e dunque lontano da Garibaldi;

e il sapere che tra due mesi sarebbero tornati, lui e Piero, in Piemonte: per le vacanze che gli spettavano. «Vi abbracceremo! Intendi tutta la santa voluttà di questa parola! Addio, mia soave amica...» La intendiamo anche noi: Guido Giacosa aveva trentasette anni.

Ma non fu lunga, la sua vacanza in Piemonte. Stando al *Giornale Officiale di Sicilia* (che è poi, tranne che nella perdita della *officialità*, il *Giornale di Sicilia* di oggi), il 16 settembre, col vapore *Elba* comandato dal signor Michele Schiavo, il Procuratore Giacosa tornava a Palermo. E appena quindici giorni dopo – il 1° ottobre del 1862 – si trovava di fronte a un fatto criminale di orrida novità su cui per piú di un anno si sarebbe arrovellato e che avrebbe deciso della sua carriera, della sua vita.

«Fatti orribili funestarono ieri sera la città di Palermo», dice il *Giornale Officiale* del 2 ottobre. Alla stessa ora, in diversi punti della città tra loro quasi equidistanti, una stella a tredici punte sulla pianta di Palermo, tredici persone venivano gravemente ferite di coltello, quasi tutte al basso ventre. «I feriti dànno tutti gli stessi contrassegni dei feritori, i quali vestivano a un sol modo, erano di pari statura, sicché vi fu un momento che si poté credere fosse un solo. Fortunatamente...» Fortunatamente nei pressi del palazzo Resuttana, dove vicino al portone cadde, gridando di spavento e di dolore, il ventre squarciato, l'impiegato di dogana Antonino Allitto, si trovavano a passare il luogotenente Dario Ronchei e i sottote-

5

nenti Paolo Pescio e Raffaele Albanese, del 51° fanteria. Accorsero, videro il feritore fuggire, lo inseguirono. A loro si unirono il capitano delle guardie di Pubblica Sicurezza Nicolò Giordano e la guardia Rosario Graziano: e non persero di vista l'uomo che inseguivano fino al cantone del palazzo Lanza, nei cui *bassi* era una bottega di calzolaio, ancora aperta nonostante fosse vicina la mezzanotte; e vi si lavorava, forse per una consegna che urgeva, da fare al mattino: un matrimonio, un battesimo. E nella bottega, fidando nella solidarietà che non poteva mancare ad uno inseguito dalla polizia, credette poter trovare scampo il feritore: vi entrò, spinse giú da uno sgabello, davanti al deschetto, un dei lavoranti; e si mise a quel posto come stesse lavorando. Ma la guardia Graziano, entrato qualche secondo dopo, si trovò di fronte a una scena non ancora assestata; a colpo d'occhio capí che l'uomo da acciuffare era quello che meno mostrava stupore; gli balzò addosso, lo immobilizzò, lo consegnò al capitano Giordano e agli ufficiali che sopraggiungevano. Perquisito, gli trovarono un coltello a molla di acuminatissima lama; e insanguinato. Piú tardi, al posto di polizia, fu identificato: Angelo D'Angelo, palermitano, trentotto anni, lustrascarpe (mestiere cui era passato da quello piú faticoso di facchino alla dogana).

Naturalmente, nonostante il coltello insanguinato che gli avevano trovato addosso, D'Angelo negò di aver ferito Antonino Allitto, di aver ferito qualcuno davanti al palazzo del principe di Resuttana. Si trovava, sí, a passare da quella strada: e alle grida del ferito e all'accorrer di gente era fuggito nel timore che per lui, innocente, ne venisse qualche guaio, prevenuta com'era nei suoi riguardi la polizia del Regno d'Italia per il sospetto che di quella del Regno delle Due Sicilie fosse stato assiduo delatore. E si mantenne a negare per tutto l'indomani, davanti al giudice; «però il giorno seguente 3 ottobre, questo sciagurato soprafatto dall'enorme peso del crimine, scosso dal fremito dell'universale indegnazione, lacerato forse dai rimorsi della coscienza ed atterrito dalle maledizioni di un popolo, determinavasi non solo a confessare la sua reità, ma ben pure a svelare la serie dei fatti e tutto ciò che era a sua conoscenza, intorno all'orribile macchinazione di cui egli aveva preso parte, allo spaventevole attentato del quale era stato uno degli autori». E si può anche non dubitare, come invece dubita il Presidente dell'Assise che poi lo giudicò, che D'Angelo confessasse per rimorso di coscienza; e per il semplice fatto che D'Angelo tentò, prima di commettere i crimini, e per evitare di commetterli, di ottenere la protezione della polizia o almeno di trovare riparo nel carcere. La sera del 28 settembre si era presentato a un posto di polizia chiedendo, «per grazia», di essere trattenuto. Due persone, disse, avevano minacciato di ucciderlo. Il brigadiere Sansone gli domandò la ragione. Rispose: «perché voglio farmi guardia di questura». Non convinto, ma credendo vera la paura del D'Angelo di essere ucciso e sospettando altre fossero le ragioni per cui era minacciato, il brigadiere lo fece ammanettare e perquisire. Gli trovarono in tasca nove tarí, in moneta vecchia (che aveva ancora corso) e nuova: somma che ad un uomo della estrazione e della condotta del D'Angelo normalmente avrebbe dato voglia di andare in un postribolo o in una taverna invece che ad un posto di polizia, e per farsi arrestare. Parve dunque al brigadiere di dovergli accordare la grazia di trattenerlo; ma l'indomani si presentarono all'ispettore di polizia il fratello e la sorella, a spiegare che Angelo D'Angelo era sul punto della follia, per essere stato tradito dalla moglie (che non aveva). L'ispettore non vide ragione alcuna per trattenere in prigione un uomo che ammattiva per privatissimi guai: e lo restituí ai familiari, e cioè all'infame congrega cui aveva tentato di sfuggire. E non sappiamo se i suoi mandanti e i suoi complici seppero di questo tentativo di fuga: se sí, non ammazzandolo come di regola o – peggio – obbligandolo a mantenere l'impegno per cui gli erano stati largiti i tarí che il brigadiere Sansone gli aveva trovato in tasca, commisero un errore davvero fatale. Ma andiamo per ordine. E torniamo, dunque, ai fatti della sera del 1° ottobre.

Nell'ora stessa in cui Angelo D'Angelo arriva al posto di polizia, viene identificato e comincia ad essere interrogato, ad altri posti di polizia e alla questura arrivano notizie di altri ferimenti, chiamate. A parte Antonino Allitto, ad evidenza accoltellato dal D'Angelo, risultarono all'alba, piú o meno gravemente feriti da coltello, dodici persone: e tutte e dodici dichiaravano di non aver riconosciuto il loro feritore e di non trovare ragione alcuna nella loro vita, nelle loro azioni recenti e lontane, per cui qualcuno avesse voluto di coltello vendicarsi. E va bene che scorrendo i rapporti di polizia da allora ai giorni nostri è raro trovare un ferito di coltello o di lupara che si lasci sfuggire il nome del feritore o dia delle indicazioni per identificarlo (diciamo, si capisce, di Palermo e della Sicilia): ma tredici in una stessa notte che rispondono allo stesso modo e che allo stesso modo descrivono, sia pure sommariamente, l'uomo che li ha colpiti, erano un po' troppi anche per la questura di Palermo. E poi, quasi tutti i feriti non erano sospettabili di essersi trovati a far rissa o di avere avuto una coltellata a prezzo di una loro malazione: persone tutte casa e lavoro, e d'indole mitissima. Uno solo non aveva un chiaro passato: Lorenzo Albamonte, calzolaio, quarantasette anni; e glielo sciorinarono per ogni verso all'Assise, questo suo passato, anche se tutti sapevano che non c'entrava per niente con la coltellata all'ombelico che gli avevano data la sera del 1° ottobre, mentre camminava per il corso Vittorio Emanuele. Ed ecco, degli altri undici, i nomi, l'età, il mestiere o la condizione, il modo in cui furono colpiti e il luogo; e nell'ordine orario, dalla prima sera alla mezzanotte, stabilito in sede istruttoria. Gioacchino Sollima, sessant'anni, impiegato al Regio Lotto, si trovava in piazza Caracciolo, cioè al mercato della *Vucciria*, in compagnia di Gioacchino Mira, trentadue anni, impiegato. Stavano contrattando delle zucche quando, da un solo, furono fulmineamente colpiti: nella regione del colon il Sollima (e ne morí quattro giorni dopo), all'inguine il Mira. Gaetano Fazio, ventitre anni, possidente e Salvatore Severino, venticinque anni, impiegato: stavano a discorrere davanti alla chiesa dei gesuiti, in corso Vittorio Emanuele, quando da un tale che passava di furia si sentirono gridare «vuatri siti di lu partitu» — (voialtri

9

siete del partito) – e il grido, immediatamente, li stupí piú della coltellata all'addome che entrambi ebbero[1]. Salvatore Orlando, quarantatre anni, possidente, andava in carrozza per via Castelnuovo, quando vide un uomo barcollante che stava per essere urtato dal cavallo; avvertí il cocchiere di andar piano, ché gli pareva l'uomo fosse ubbriaco; ma l'uomo di nuovo barcollò fin dentro la carrozza, levò di scatto la mano armata, la calò verso il petto di Orlando: che automaticamente alzò il braccio, prendendosi una leggera ferita, mentre col piede respingeva l'assalitore, facendolo cadere a terra. Girolamo Bagnasco, ventisei anni, scultore, passando davanti alla chiesa del Carmine Maggiore vide un uomo che pregava davanti all'immagine della Madonna che stava, una lampa accesa davanti, in una nicchia esterna; si avvicinò e sentí l'uomo accoratamente dire «chi 'nfamia mi stannu facennu» – (che infamia mi stanno facendo) – e ancora avvicinandosi per confortarlo, da quell'atteggiamento raccolto e pietoso lo vide improvvisamente scattare e vibrargli due colpi: «uno alla cresta iliaco sinistra, l'altro alla regione epigastrica». Giovanni

[1] Colui che ferí il Severino e il Fazio, non identificato tra i dodici, dunque non sapeva che le pugnalazioni venivano fatte gratuitamente, a caso: credeva di colpire gente del partito «italiano», antiborbonico. Secondo lui, le persone che gli indicava il caposquadra da ferire, erano nemici della causa. Forse era una sua illazione: ché D'Angelo, nella sua confessione, non disse di essere stato ingannato in questo senso. Del resto, sarebbe stato allora difficile, a livello del bracciantato criminale, concepire l'ordinazione di un omicidio o di un ferimento che non muovesse, in chi l'ordinava, da una passione economica o vendicativa o amorosa. La «strategia della tensione» la si stava appunto inventando in quel momento.

Mazza, anni diciotto, cocchiere, stava seduto davanti il Collegio di Maria all'Olivella: gli si avvicinò, le mani in croce sul petto, un uomo che invocava elemosina; ma arrivatogli ad un passo, sciolse la croce e vibrò di coltello; e istintivamente riparandosi con la mano, il ragazzo la ebbe cosí malamente ferita che tre mesi dopo i medici ancora non sapevano se lasciargliela storpia o amputargliela (dilemma, invero, a noi incomprensibile). Angelo Fiorentino, ventitre anni, barcaiolo, fu avvicinato da un tale che, mentre gli chiedeva una presa di tabacco, rapidamente gli affondava una coltellata nel fianco sinistro: in via Butera. Salvatore Pipia, trentasei anni, sarto, andando presso le Mura della Pace incontrava uno che lo fermava dicendo «vossia havi nenti?» – (cioè: vostra signoria ha niente da darmi?) – e rispondendo il Pipia di no, quello gli saltò addosso e lo colpí di due stilettate alla spalla. Tommaso Paterna, ventidue anni, confettiere, da un individuo che gli veniva incontro in via Santa Cecilia, quando fu urtato credette avere avuto anche un pugno; ma tirò via, ad evitare briga con uno che gli pareva ubbriaco: aveva invece avuto una coltellata all'ipocondrio destro. E infine Carlo Bonini Somma, trentacinque anni, impiegato: e la sua ferita se la ebbe da dietro, alla spina dorsale, mentre stava per entrare nella casa del console americano; e da uno che vide soltanto, e di sbieco, fuggire. A completare il quadro degli avvenimenti di quella serata, bisogna aggiungere questi dettagli: che nella successione oraria stabilita in istruttoria, Albamonte fu il terzo ad essere ferito ed Allitto il nono; e che quest'ultimo disse di essere stato ferito da uno sconosciuto che andava facendo lamento per aver avuto arrestato il figlio e a cui per confortarlo si era avvicinato. E da questo suo caso (confermato poi dalla confessione del D'Angelo), come da quello dello scultore Bagnasco, si vede quanto malcautamente – almeno secondo i luoghi e le ore – a volte si faccia esercizio di carità cristiana.

Tranne dunque il Bonini Somma, che fu colpito da dietro, tutti che si erano trovati il feritore di fronte facevano una precisa e concorde descrizione di come era vestito, anche se stavano nel vago riguardo alla statura e ai tratti del volto (c'erano in giro tante barbe: appunto, anche in questo, come oggi). Sicché si poteva pensare, come dapprima si pensò, fosse stato uno solo – e cioè Angelo D'Angelo, preso quasi sul fatto e col coltello insanguinato in tasca – a ferirli tutti. Poi, accertato che altri erano stati colpiti dopo la cattura del D'Angelo, ovviamente si pensò i feritori fossero stati piú di uno, affiliati a una sola intenzione, dipendenti da un solo comando: ma che tra loro non si conoscessero e da ciò la precauzione, a che tra loro non si pugnalassero, di vestirli allo stesso modo (che era poi quello in cui oggi si vestono i canori gruppi folcloristici siciliani: cosí poco folcloristici, propriamente parlando, da trascurare il fatto che la tradizione del cantar corale in Sicilia non è mai – elemento che a noi pare, nella sua negatività, importante – esistita). Ma oltre alla precauzione, nel volerli *uniformemente* vestiti c'è da credere agisse in chi li comandava la vanità di sentirsi capo di un esercito sparuto ma temibile e la volontà di assolversi cosí dall'infamia, e di assolverli, attraverso una specie di illusione giuridica: e sorgeva sul fondamento del mutuo, tra nemici, riconoscere all'uniforme una aperta dichiarazione di parteggiamento e di milizia e del porre ogni uomo che la indossa – quale che sia la causa per cui si batte e i sistemi usati per farla trionfare – dalla parte della lealtà, dell'onore. Nefasta fondazione che abbiamo creduto, ai giorni nostri, definitivamente annientata dal processo di Norimberga ai criminali dell'esercito nazista: ma forse è stata illusione anche la nostra.

Il 3 ottobre, davanti al giudice, Angelo D'Angelo faceva piena confessione non solo dei reati da lui commessi ma di tutto ciò che era a sua conoscenza relativamente agli avvenimenti della sera del 1°, alle riunioni ed intese che li avevano preceduti, all'associazione scellerata di cui si era trovato a far parte e a coloro che l'avevano assoldata e mandata a seminare terrore nella città. Dalla sua confessione immediatamente sortí l'arresto di undici persone: Castelli Gaetano, anni quarantatre, guardapiazza (mestiere simile a quello dei «serenos» spagnoli); Calí Giuseppe, anni quarantasei, venditore di pane; Masotto Pasquale, anni trentasei, doratore; Favara Salvatore, anni quarantadue, venditore di vetri; Termini Giuseppe, anni quarantasei, calzolaio; Oneri Francesco, anni quarantotto, calzolaio; Denaro Giuseppe, anni trentacinque, facchino; Girone Giuseppe, anni quarantadue, acconcia sedie e il fratello Salvatore, trentadue anni, falegname; Scrima Onofrio, anni trentasei, bracciante; Lo Monaco Antonino, anni trentasei, venditore di commestibili. I primi tre erano reclutatori e capeggiavano i gruppi in cui la piccola brigata si divise la sera del 1° ottobre: e come lui, D'Angelo, era stato dal Castelli reclutato, col Castelli stette quella sera, ad eseguirne gli ordini. In quanto al reclutamento, raccontò com'era avvenuto: imbattutosi nel Castelli il giorno 24 settembre, gli domandò costui se aveva voglia di guadagnarsi tre tarí al giorno. D'Angelo rispose che sí, ma domandò come. Castelli divagò dicendo che sarebbero stati in cinque. D'Angelo insistette per sapere «che fatica doveva farsi». Quando Castelli rispose che c'era da pugnalare qualcuno, D'Angelo non fece altre domande: non c'era poi da faticare. Accettò, ed ebbe appuntamento per il pomeriggio della domenica, al Foro Italico. Lí incontrò gli altri assoldati, tranne il Favara: assente giustificato, a quanto pare. Fu ripetuta la promessa, da parte del Castelli, dei tre tarí al giorno. Ma le reclute chiesero garanzie: cioè il nome del mandante; per giudicare, diciamo, della sua solvibilità. Castelli si chiamò in disparte Masotto e Calí, confabularono; poi tornò e disse che il loro soldo era assicurato dal principe di Giardinelli. Un diffidente silenzio accolse quel nome; e poi l'irrisione: Giardinelli, si sapeva in tutta Palermo, aveva dilapidato tutto il suo; e da dove li avrebbe presi i tarí da pagare ogni giorno, tre tarí al giorno, dodici persone? Non era nemmeno pensabile che qualcuno si fidasse a far passare denaro dalle sue mani: ché ci sarebbe rimasto o per suo esclusivo piacere l'avrebbe speso. Altra consultazione di Castelli con Masotto e Calí; e poi la rivelazione alla quale, dice D'Angelo, «noi ci acquietammo»:

«La persona che dovete riconoscere è il principe di Sant'Elia». Ma non è vero che subito si acquietarono. Si domandarono e domandarono che interesse poteva mai avere il principe di Sant'Elia, ricchissimo, rispettatissimo, senatore del Regno d'Italia, a metter su una simile cabala; ma il Castelli rispose che non se ne dessero pensiero: era roba da «teste grosse», cioè da persone intelligenti, sapienti e potenti. E indulse ad aggiungere, per loro che «teste grosse» non erano ma qualche sentimento di rimpianto per i Borboni nutrivano: «sono cose borbonesche». «Così spiegato l'affare – dice D'Angelo – si accettò da tutti il patto e cominciammo ad esser pagati da quel giorno di domenica sino alla sera di mercoledí in cui venni arrestato». Ed è credibilissimo che a nessuno sia avvenuto di pensare all'infame impegno che si assumeva, di discuterlo, di recalcitrare; nemmeno al D'Angelo che poi ne fu, a suo modo, travagliato: e al punto da non osare spendere il salario che ne aveva avuto. Credibilissimo se consideriamo che un funzionario della questura di Palermo ha dichiarato risultargli bastano oggi duecentocinquantamila lire a pagare il servizio di fare uccidere un uomo: che corrispondono ai tre tarí di allora, tenuto conto dell'attuale leggerezza della moneta e della leggerezza con cui la si spende.

Ci furono altre riunioni: ma non si concludeva nulla, tanto che qualcuno si sentiva rimordere la coscienza, per quei tre tarí al giorno che prendeva senza «soddisfare» colui che li pagava. Finalmente, la sera del 1° ottobre, Castelli disse: «questa sera ci sarà tonnina», cioè un massacro come quello che si faceva nelle tonnare, nei giorni della passa dei tonni.

Ad ora di avemaria, agli ordini di Castelli, si trovarono presso il palazzo delle Finanze D'Angelo e Termini (dove andassero gli altri due gruppi D'Angelo non seppe). Rimasero in quella zona per tre volte eseguendo gli ordini di Castelli. E il primo da ferire se lo giocarono, D'Angelo e Termini, a pari e dispari: e toccò al Termini. Il secondo spettava al D'Angelo: e piú vilmente dell'altro, avvicinandosi alla vittima con la richiesta della presa di tabacco, eseguí il comando. Il terzo, che sarebbe spettato al Termini, il Castelli – forse per meglio educarlo – lo assegnò al D'Angelo.

Creduto pienamente sui nomi degli undici esecutori e sul racconto dei fatti, D'Angelo non fu creduto per niente sul nome del mandante. Si credette cioè che quel nome fosse stato sí detto dal Castelli, in accordo con Masotto e Calí: ma tanto per farne uno che garantisse il soldo e facesse da schermo al mandante vero. Naturalmente, Castelli negò; negò tutto, negò sempre. E cosí gli altri. Si ritenne dunque che il principe di Sant'Elia fosse la quattordicesima vittima: non di coltello, ma di calunnia. E questo fino al momento del processo ai dodici pugnalatori, e anche da parte del procuratore Giacosa che sostenne l'accusa. Ma nella violenza con cui, nell'arringa, respinge il sospetto che il principe di Sant'Elia possa avere avuto mano in quei delitti, è da intravedere la volontà di liberarsi appunto di quel sospetto: che gli si insinuava, che lo inquietava.

Comunque, con la confessione di D'Angelo e l'arresto degli altri undici, l'indagine sugli avvenimenti del 1° ottobre si poteva considerare chiusa. Almeno per quanto riguardava la Pubblica Sicurezza, ché i Reali Carabinieri forse per loro conto la continuavano. Ce ne dà il sospetto un rapporto sullo «stato dei reati ed avvenimenti che hanno avuto luogo in Palermo e suoi Circondari dal 1° al 15 ottobre 1862». In esso, le «ferizioni» della sera del 1° sono cosí suddivise e attribuite: ad Angelo D'Angelo quelle di Albamonte, Severino e Fazio; a Salvatore Favara e «altri tredici» quelle di Allitto, Pipia, Somma, Paterna e Fiorentino; a ignoti quelle di Mazza, Mira e Sollima. E il fatto che, a conto dei carabinieri, i sicari risultino tredici, va spiegato con l'apparizione, nel loro rapporto, appunto di un tredicesimo: un Di Giovanni Giuseppe, «sospetto autore» del ferimento dello scultore Bagnasco e «complice nelle ferizioni in vari punti avvenute la sera del 1° ottobre». Di questo Di Giovanni, il nome svanisce del tutto nelle carte processuali: e non si capisce come, se nel rapporto è detto chiaramente che l'uomo è stato messo, con quella imputazione, a disposizione del giudice. Né si capisce (e cioè: si capisce benissimo, poiché di peggio abbiamo visto in questi nostri anni) come i carabinieri possano ignorare, al 15 ottobre, quel che questura e magistrati sanno fin dal 3: e cioè tutto quello che il D'Angelo aveva raccontato.

Il processo fu istruito con relativa celerità, se l'8 gennaio 1863 se ne apriva il dibattimento in Corte d'Assise. Presidente il marchese Maurigi; consiglieri i signori Prado, Pantano, Mazza e Calvino; difensori degli imputati gli avvocati Pietro Calvagno, Agostino Tumminelli e – sostituto avvocato dei poveri – Giuseppe Salemi-Pace; capo dei dodici giurati, piú due supplenti, un certo Delli. Pubblico ministero, come abbiamo detto, era Guido Giacosa.

La sala, dice *Il precursore*, giornale di Crispi, era «riboccante di spettatori», «l'ansietà immensa». Undici imputati («facce truci e marcate», si capisce) stavano su uno stesso banco; Angelo D'Angelo in disparte, a timore che gli altri lo accoppassero a colpi di manette o lo lacerassero a morsi. Tutto il processo si fondava sulla sua confessione, sulle sue accuse: «cui la spontaneità e l'uniformità, imprimono – diceva la sentenza istruttoria – il carattere di veridicità; rafforzate dalla verosimiglianza stessa dei fatti narrati e loro concordanza con gli avvenuti; dalla loro naturale, semplice ed ordinata esposizione, amminicolata dalla certezza ed evidenza riconosciuta di molte circostanze anche accessorie; dalla niuna contraddizione; dalla niuna esitanza sperimentata nel propalante, dalla di lui fermezza e dalla costante calma tenuta nei confronti con gli altri imputati, che lo ingiuriavano ed imprecavano; inoltre dal contegno di costoro, dalle contraddittorie loro risposte; dalle solenni smentite toccate dagli accusati in tutte le discolpe di che volevano premunirsi e che servirono invece a maggiormente chiarire la correità loro: la quale correità è pure spiegata con altri fatti specifici, e fra gli altri col sequestro di un biglietto misteriosamente scritto dal Masotto nelle prigioni; col reperto di un coltello di genere proibito in casa dell'Oneri, ch'era rappreso di sangue; e coi tentativi adoperati dal Girone Salvatore onde sottrarsi al suo arresto». Da questo passo, si intravede quanto poco ci fosse, di prove, di indizi, a carico degli undici imputati: c'era la confessione e la chiamata di correità del D'Angelo, la coerenza e sicurezza con cui si era comportato nei *confronti* con gli altri imputati; e nient'altro che davvero valesse a dar la certezza che fossero colpevoli. In quanto a quelli che la sentenza istruttoria definisce «fatti specifici», è da dire che non lo sono affatto. Che Salvatore Girone abbia tentato di sottrarsi all'arresto scappando per i tetti, non dice della sua colpa in ordine alle accuse di D'Angelo: quando ad una casa come quella del Girone bussa la polizia, è naturale il timore di essere arrestati e piú che naturale, specialmente se innocenti, il tentativo di non farsi arrestare. Che un coltello, del tipo chiamato *scannabecchi*, sia stato trovato in casa dell'Oneri, e con sangue rappreso, poteva soltanto voler dire che era stato usato secondo la denominazione (non c'era allora la possibilità di stabilire se quelle incrostazioni fossero di sangue umano o caprino). E il biglietto del Masotto: nel testo che abbiamo sotto gli occhi, a tentare di estrarne un senso può anche essere questo: Masotto ricorda a un certo Gaetano che la sera del 1° ottobre erano stati assieme.

Certo, nessuno aveva un alibi. E quelli che tentarono di farselo, come Masotto, se lo videro facilmente demolito. Ma era uno di quei processi per cui la *legittima suspicione*, e cioè il trasferimento ad altra sede, si imponeva: nessuno a Palermo dubitava della colpevolezza degli imputati, l'opinione pubblica era contro di loro: e c'erano state, né mancarono al processo, tumultuose manifestazioni. Comprensibile dunque che alla radicata e radicale avversione al testimoniare si aggiungesse la volontà di non impeciarsi in un caso che tanta esecrazione suscitava a livello di classe abbiente come di classe popolare. E poi, data per certa la colpevolezza degli imputati, ci fossero stati dei testimoni a discarico in buona fede, i loro ricordi avrebbero vacillato, anche di fronte a se stessi si sarebbero smarriti: e proviamo ad immaginare davanti a un poliziotto, davanti a un giudice. Non era, insomma, un processo del tutto equo. Ma anche ad aggiungere altri elementi a difesa degli imputati, il dubbio che fossero innocenti non ci assale.

L'imputazione piú grave – per tutti, compreso il D'Angelo, ma particolarmente per il Castelli, il Masotto e il Calí – era quella di «attentato diretto alla distruzione e cangiamento dell'attuale forma di Governo»; poiché altro fine non potevano avere, quelle pugnalazioni fatte a caso, che il far rimpiangere l'ordine che la polizia borbonica sapeva mantenere[2]. In-

---

[2] Che le pugnalazioni venissero dal partito borbonico, nessuno che avesse buonafede e buonsenso ne dubitò. Il 17 ottobre 1862, Mariano Stabile scriveva a Michele Amari: «Arresti se ne fanno sempre, ma ancora nulla si è veduto di positivo per la scoperta e la punizione di quegli assassinj che furono consumati in una stessa sera, ed alla medesima ora, in varj punti della città, sopra persone senza alcun colore o consistenza politica. Per me, la reputo concepimento e opera borbonico-clericale, perché si trattava di commetter l'assassinio pel solo scopo di spargere il terrore, e sostener poi che questo era il risultato del cattivo governo attuale...» È da notare che nonostante l'arresto dei dodici pugnalatori, Stabile non vedeva nulla di positivo nell'azione della polizia e della magistratura: se ancora non riuscivano ad arrivare ai mandanti.

tramontabile simulacro, sempre o vagheggiato o rimpianto dagli italiani, e da quelli del sud particolarmente: l'ordine. Mai avuto: ma, per incredibile inganno, ricordato. C'era. Non c'è. Bisogna farlo tornare. Perciò i *partiti d'ordine*, gli *uomini d'ordine*: che possono farlo tornare.

Ma sebbene a quei dodici imputati una qualche nostalgia per l'ordine borbonico si potesse attribuire, quasi tutti conosciuti o sospettati come delatori di quella polizia, era difficile imputar loro l'iniziativa dell'associazione e soprattutto lo scaltro disegno, che sarebbe andato ad effetto se il D'Angelo non fosse stato preso, di suscitare con quel disordine rimpianto per l'ordine. Impensabile era poi che uno di loro fosse stato in condizione e disposizione di salariare gli altri undici a tre tarí al giorno. Il Castelli, il Masotto e il Calí furono dunque considerati «emissari forse tutti e tre di uomini tenebrosi, che poterono finora sfuggire alle indagini della giustizia». Che uno di questi «uomini tenebrosi» potesse rispondere al nome di Romualdo Trigona, principe di Sant'Elia... «Questo nome che suona onoratezza, attaccamento all'ordine e patriottismo a tutta prova, – dice il presidente dell'Assise marchese Maurigi; e il procuratore Giacosa di rincalzo: – uno dei piú bei nomi della Sicilia, un nome che non si pronunzia senza essere accompagnato dal plauso degli onesti cittadini... Io ho profferito arrossendo quel nome. Iddio perdoni a chi profferí l'empia calunnia, come certo l'avrà perdonato il calunniato». Ma questo rossore, che crediamo sia stato visibile, gli veniva davvero dalla vergogna di essere costretto a riferire della calunnia o non piuttosto dalla rabbia di – *malgré lui* – condividerla nel segreto della sua coscienza? Scriverà qualche mese dopo, in una relazione presumibilmente diretta al ministero di Grazia e Giustizia: «Io, che in quella causa ebbi l'onore di rappresentare il Pubblico Ministero, alludendo all'episodio del principe di Sant'Elia, non esitai a qualificarlo una calunnia, e a trarne quindi argomento per dire pubbliche lodi del principe. Malgrado questo, in fondo in fondo della coscienza rimanea pur sempre, per cosí dire, un punto nero, un non so che di inesplicabile, un dubbio, una interrogazione irresoluta. Calunnie! E perché calunnie? Quale interesse avea il Castelli di calunniare il principe di Sant'Elia? E perché, volendo manifestare ai suoi compagni il nome dei capi, che pagavano, andò proprio a scegliere il nome di questo personaggio e non un altro nome? Non potrebbe esser vero il fatto? Queste però eran cose che la coscienza sussurrava pian piano, erano cattivi pensieri che la ragione rigettava quasi come una tentazione, tanto, ripeto, era splendida e intemerata la riputazione del principe di Sant'Elia, tanto notoria la sua devozione all'attuale ordine di cose».

Ma certo com'era (come noi siamo) della colpevolezza dei dodici, in una arringa rigorosa, senza voli retorici, senza citar Dante, senza ricordare Licurgo e Socrate, Catilina e Giugurta (il che puntualmente fecero i tre avvocati siciliani), tentò di dimostrarla. Il risultato fu, come poi dice, soddisfacente e terribile: la Corte accolse le sue richieste. E cioè: la pena di morte per Castelli, Masotto e Calí; i lavori forzati a vita per Favara, Termini, Oneri, Denaro, i fratelli

Girone, Scrima e Lo Monaco; vent'anni di lavori forzati per Angelo D'Angelo. «Tutti applaudirono, – ricorda Guido Giacosa, – il paese se ne rallegrò come di opera santa e giusta, a nessuno venne in capo di accusare di leggerezza e di precipitazione l'operato dell'amministrazione, per la ragione che tutti i condannati appartenevano agli infimi strati della società». Possiamo aggiungere che anche uomini di legge, che si dichiaravano contro la pena di morte, approvarono la sentenza. «Filantropi – ironicamente esortava l'avvocato Francesco Paolo Orestano – accorrete al letto del morente Sollima (*che era impossibile il 13 gennaio 1863, se Sollima era morto il 5 ottobre 1862*) e vedete un onesto cittadino morire tra gli spasimi della ferita e il dolore di lasciare quanto piú caro aveva sulla terra, moglie e figli, e poi gridate con quanto fiato avete nelle viscere l'abolizione della pena capitale, oggi. Divido l'opinione di Beccaria, di Vittor Hugo e di tanti altri animi generosi, come illegittima la pena di morte nel sistema penale, ma oggi per una dura necessità...»

La sentenza fu dunque emessa la sera del 13 gennaio: sul tardi, se il *Giornale Officiale* del 14 dice che, «al punto di mettere in torchio», i giudici non erano ancora, dalla camera di consiglio, venuti fuori a leggerla al «popolo immenso» che attendeva.

Forse facevano parte di quel «popolo immenso» Domenico Di Marzo, venditore di pane, e sua moglie: e andavano tranquillamente verso casa, come quasi tutti i palermitani soddisfatti e come liberati da quella dura sentenza, quando allo sbocco di via Montesanto uno sconosciuto si avvicinò loro da dietro e colpí di pugnale il marito tra la prima e la seconda vertebra dorsale.

«Il Questore, trovandosi in compagnia dell'Ispettore di Questura signor cavaliere Temistocle Solera per oggetti di servizio (*e par di capire: in quei pressi*), fatto conscio del caso, si metteva immediatamente sulle tracce dell'assassino; e dopo non poche e faticose indagini, gli riusciva a far arrestare certi R. G., M. F., C. B., individui di pessima condotta e camorristi, i quali erano stati veduti girovagare in quelle vicinanze»: si legge sul *Giornale Officiale* del 15. Ma considerando che gli arresti furono fatti la sera stessa del 13, piú che alle «non poche e faticose indagini» il risultato va ascritto a merito di colui che al questore o al cavaliere Solera sussurrò quei nomi. Nei mutamenti di regime, il numero dei *confidenti* della polizia a tal punto si ingrossa che essa polizia rischia di non capire nulla: ci sono i vecchi che vogliono farsi meriti nuovi, i nuovi che vogliono soppiantare i vecchi; senza dire dei dilettanti, cui si può anche riconoscere una certa fede nell'*ordine nuovo*, e degli interessati: che son quelli che vogliono deviare l'*ordine nuovo* nell'alveo del vecchio, e cioè a far colpire dal nuovo quegli stessi che erano bersaglio del vecchio. Operazione, questa, da noi la piú facile. E intorno alla questura di Palermo, in quel momento, doveva esserci un simile alveare di *confidenti*. Comunque, la sera del 13, ne sortí una esatta informazione: e da questa il procuratore Giacosa e il giudice istruttore Mari faticosamente mossero la ripresa delle indagini sui pugnalatori.

La notizia di quel ferimento corse per la città moltiplicata: non il solo Di Marzo era stato colpito, ma otto cittadini, si disse, e in quartieri diversi. Già qualche giorno prima *Il precursore* aveva messo sull'allarme: «Ieri sera è stato pugnalato un cittadino presso l'Ospedaletto. Il feritore è stato arrestato non solo, ma gli si è rinvenuto il pugnale intriso di sangue. Per avventura non potrebbe costui essere uno della scellerata setta?»

La questura smentí: «Le voci sparse di diverse pugnalazioni avvenute in questi ultimi giorni a Palermo sono false. L'unico fatto di pugnalazione (*voleva dire: da attribuire alla setta, ché accoltellamenti per vendetta privata o in rissa davvero non mancavano*) si è quello della sera del 13 corrente a danno di Domenico Di Marzo». La smentita però non convinse: la città era presa dalla paura, dal panico. Tutti andavano muniti di bastone, poiché altre armi gli onesti non tenevano, avendo il Commissario Regio decretato – con mirabile prontezza, all'indomani dei fatti del 1° ottobre – il disarmo generale[3]. Che è provvedi-

---

[3] Il 2 ottobre il Luogotenente Generale Filippo Brignone aveva decretato: «Art. 1) È ordinato l'immediato generale disarmo nella provincia di Palermo e in tutte le altre provincie dell'Isola. Sono eccettuati soltanto la forza pubblica, la Guardia Nazionale comandata di servizio, i consoli ed agenti consolari. Art. 2) I detentori di armi di qualunque specie dovranno farne la consegna, entro tre giorni dalla pubblicazione del presente Decreto, agli uffici locali di Pubblica Sicurezza. Art. 3) È proibita la esposizione e vendita di qualunque specie di armi offensive; i venditori saranno ugualmente tenuti alla consegna prescritta dall'articolo precedente. Art. 4) I contravventori a quanto disposto dal presente Decre-

mento il piú facile a decretarsi anche oggi: ad agevolare le cose a chi dei decreti se ne infischia e le armi non le denuncia e tanto meno le consegna. E nessuno poteva avvicinare un altro, specialmente di sera, se non a distanza di bastone: pena il sentirselo calare, con forza disperata, sulla testa. E tanti qui pro quo ci furono, persino a danno di agenti di Pubblica Sicurezza in borghese. Qualcuno fu arrestato dai carabinieri; a tutti – se la questura non avesse smesso di farli andare in borghese – i redattori del *Precursore* promettevano bastonate. Inutile dire (ché i lettori, come noi traboccanti del senno del poi, l'avranno già capito) che la questura mentiva: ferimenti attribuibili alla setta ce n'erano stati due o tre altri; e lo sappiamo da una relazione del procuratore Giacosa. Si diede notizia di quello solo del Di Marzo, in quanto era il meno occultabile, il piú grave: tanto che di lí a qualche giorno il poveretto ne moriva.

Gli arrestati, dei cui nomi con apprezzabile discrezione il *Giornale Officiale* dava solo le iniziali (e sbagliandone una), erano Giovanni Russo, Michele Ennio e Camillo Bruno. Il Russo fu dal Di Marzo e da sua moglie riconosciuto. E si sa quanto di solito valgano i riconoscimenti, quando sollecitati dalla polizia; ma in questo caso c'era un particolare sufficientemente probante: gli aggrediti, o forse soltanto la donna, avevano tentato di reagire all'aggressore o di fermarlo, e nel tentativo gli avevano lacerata una tasca della giacca (giacca di velluto, di colore «ogli-

to saranno arrestati e passibili delle pene portate dal rigore delle leggi, e secondo i casi fucilati». E casi di fucilazione ci furono. Non di malandrini, si capisce.

26

no»: l'uniforme dei pugnalatori del 1° ottobre). Poiché nella perquisizione in casa del Russo era stata trovata la giacca con quello strappo, si poteva del tutto prestar fede al riconoscimento. Ma due giorni dopo, recatosi il giudice istruttore Mari a raccogliere la testimonianza del morente Di Marzo e di sua moglie, ecco la sorpresa: tutti e due rinnegavano radicalmente quanto avevano dichiarato subito dopo il fatto, la descrizione che dell'aggressore avevano data; rinnegavano il riconoscimento del Russo la prima volta che era stato condotto loro di fronte e la seconda volta, in cui al Russo era stata fatta indossare la giacca con lo strappo; affermavano di conoscere benissimo il feritore, che era un tale Eugenio Farana, fontaniere. Fermato il Farana, il magistrato ebbe davanti un uomo «di bassa statura, di corporatura sottile e di contrassegni affatto opposti ai primi indicati e dall'offeso e dalla moglie sua»; e per di piú, al di là di ogni dubbio, innocente.

Mari e Giacosa caddero in grande confusione e abbattimento. Ma nel loro arrovellarsi ad un certo punto si accorsero che il solo filo che potevano tirare per dipanare l'aggrovigliata matassa, stava appunto lí: nella ritrattazione dei coniugi Di Marzo. Quale poteva essere la ragione per cui i Di Marzo avevano non solo ritrattato il riconoscimento del Russo, ma davano ora del loro aggressore persino il nome, «ed era nome di persona cosí materialmente disforme dai primi contrassegni dati»? «Questa ragione, secondo il nostro concetto, non poteva essere che una sola. Evidentemente qualcuno aveva agito sulla immaginazione del Di Marzo, qualcuno era giunto fino al suo letto e o con le lusinghe o con le minacce lo aveva indotto a questa modificazione radicale delle sue prime dichiarazioni».

Interrogarono gli agenti che avevano piantonato il Di Marzo in ospedale: «ma nulla seppimo». Finché, casualmente e non ufficialmente parlando con due infermieri, appresero che «oltre alla moglie, alla figliastra e ad alcuni parenti del ferito, un'altra persona era stata a visitarlo, persona che essi credevano appartenere all'amministrazione della Pubblica Sicurezza».

Vi apparteneva, infatti: era l'ispettore Daddi, che comandava il mandamento Molo.

Poiché il ferimento era avvenuto nel mandamento Tribunali e l'ospedale era nel mandamento Palazzo Reale, non c'era ragione alcuna perché il comandante del mandamento Molo andasse a parlare col ferito. Ne chiesero conto al questore; e gli chiesero anche informazioni sul Daddi. Il questore rispose che il Daddi non era stato incaricato di avvicinare il Di Marzo, né in ragione delle sue funzioni ne aveva dovere o diritto; «e ci fece – dice Giacosa – dell'ispettore tale dipintura, per cui noi lo ritenemmo capacissimo non solo di aver indotto il Di Marzo alla ritrattazione, ma di avere attivamente preso parte egli stesso alla tenebrosa cospirazione che produsse le pugnalate del 1° ottobre e del 13 gennaio». E sospettiamo che da allora ad oggi cose simili, e anche peggiori, siano accadute e accadano nell'amministrazione dello Stato italiano: ma il trovarne una consegnata a un documento, ugualmente suscita la nostra meraviglia e il nostro sgomento. Il questore, dunque, e non siciliano bisogna pur dire, sapeva benissimo di che pasta fosse il Daddi: e se lo teneva, e gli affidava uno dei quattro mandamenti in cui la città era divisa.

Stavano per spiccare il mandato di arrestare il Daddi, quando il questore comunicò loro che l'ispettore si era a lui presentato (o perché informato di quel che stava per capitargli o perché chiamato) e gli aveva promesso che se per quattro o cinque giorni avessero tenuto in sospeso il mandato, «egli avrebbe potuto somministrare indizi importantissimi circa il fatto delle avvenute pugnalazioni». E par di capire si fosse giustificato col dire che faceva gioco doppio, che il suo star dentro alla cospirazione altro fine non aveva che quello di scoprirla interamente e di consegnare alla giustizia tutti gli associati: giustificazione che ha buon corso anche oggi, come sappiamo.

«Dopo attenta riflessione, il signor consigliere Mari ed io siamo venuti a questo ragionamento: o l'ispettore Daddi è di buona fede e cerca sinceramente, approfittando dei molti mezzi che la sua perfetta cognizione degli uomini e delle cose di questa città e le sue relazioni assai equivoche con persone sospette ponevano a sua disposizione, di illuminare la giustizia e porla sulla vera traccia dei colpevoli; o è in malafede, e cerca con artifizi di fuorviare sempre piú l'azione della giustizia. Nel primo caso, sarebbe opera altamente imprudente di interromperlo nel corso delle sue indagini e delle sue operazioni, o mostrargli delle diffidenze che potrebbero intepidire il suo zelo, e privarci dell'opera sua. Nel secondo caso, l'edifizio artificiale da lui costruito non può che crollare in breve tempo, alle prime indagini che si praticheranno seriamente, ed in tal caso i suoi raggiri si convertiranno in argomento irresistibile contro di lui». L'ispettore Daddi si ebbe dunque i quattro o cinque giorni di libertà che chiedeva in cambio degli «indizi importantissimi» che avrebbe fornito; ma nelle carte di Giacosa, piú nulla che lo riguardi. Mettendo assieme altre notizie, che culminano in quella del rinvio al giudizio della Corte d'Assise, il 29 maggio, di Daddi e Russo, possiamo dedurre che la seconda ipotesi di Mari e Giacosa era la giusta: Daddi era in malafede e tentò di fuorviare le indagini, di portarle (diremmo oggi) verso *un altro estremismo*. E qui bisogna dire, ad onore di Guido Giacosa, che la teoria degli *opposti estremismi*, avanzata subito dopo i fatti del 1° ottobre, era stata dal procuratore immediatamente e nettamente liquidata, e con una motivazione di ancora oggi inalterata validità: «Il partito esagerato, che dispone ed abusa della stampa, dei circoli, delle tribune, di ogni sorta di mezzo clamoroso, che fa appello al sentimento e all'immaginazione ed innalza le bandiere dell'insurrezione, non ha bisogno di ricorrere a questi mezzi». Il partito esagerato: il partito che lui, moderato, non approvava.

Caduto il filo del Daddi, l'amministrazione (nella parola amministrazione Giacosa comprende commissariato regio, prefettura, questura, direzione delle carceri) ne mise un altro nelle mani di Mari e Giacosa. «C'era in carcere per leggera causa, da diciotto mesi dimenticato, un certo Orazio Mattania, oriundo spagnolo ma fin da bambino domiciliato a Palermo.

Avveduto, scaltro, dotato di sufficiente istruzione, poiché la sua professione prima della rivoluzione del 1860 era, a quanto assicura, quella di maestro di scuola, parlante a meraviglia il dialetto palermitano, abbastanza cattivo soggetto da inspirare confidenza ai suoi compagni, esperto in tutti gli artifizi malandrineschi, egli era il confidente e il segretario dei detenuti; il che non gli impediva di rendere segreti servizi al direttore del carcere, manifestandogli i nomi dei piú pericolosi camorristi delle prigioni. Sopra costui pose gli occhi l'amministrazione». Fu messo dapprima in compagnia di Pasquale Masotto: ma da costui altra confidenza non ebbe che quella di essere innocente e di fidare – da innocente a innocente – nell'assistenza del principe di Sant'Elia alla sua povera famiglia, poiché «quanti erano innocenti al pari di lui, ed al pari di lui calunniati, la identità della innocenza e della calunnia doveva essere per loro un motivo di compassione». Lo incaricò anzi di condurre lui, Mattania, una volta scarcerato, la famiglia Masotto a implorar soccorso dal Sant'Elia e di raccomandarla anche a un monsignor Calcara, dell'arcivescovado: «senza dirgli però alcuna ragione», oltre quella dell'innocenza, «perché in questi anziché in altri riponesse la sua fiducia». Questa non parve al Mattania una confidenza; e cosí al direttore del carcere, alla polizia, al consigliere Mari e al procuratore Giacosa. Lo era invece, e interessantissima. Di nessun significato se portata in Corte d'Assise, ne assumeva tanto in rapporto alla psicologia e al comportamento di un uomo come il Masotto. Resta anzi come l'elemento che rende parzialmente credibili i successivi rapporti del Mattania, e nella misura in cui costui considerò fallita la sua opera presso il Masotto. Non solo: ma è anche il primo elemento che avrebbe dovuto inclinare i giudici a credere alla colpevolezza del Sant'Elia.

Affidando ad un uomo che usciva di prigione, che era stato in prigione con lui, la missione di condurre moglie e figli ad implorare soccorso dal Sant'Elia, Masotto riusciva al suo scopo senza venir meno alla regola del silenzio: e lo scopo era di dare al principe il sospetto che Mattania sapesse, che fosse portatore di un ricatto. E cosí nei confronti di monsignor Calcara. Quello che Pitrè chiama «il sentire mafioso» produce incredibili sottigliezze: e questa di Masotto crediamo ne sia una. Formalmente, nulla confidò al Mattania; gli diede soltanto un incarico pietoso, ma esponendolo agli occhi del principe di Sant'Elia e di monsignor Calcara come se gli avesse tutto confidato. Esponendolo, ignaro, anche a una quasi inevitabile rappresaglia: ma, nei calcoli di uno come Masotto, anche ad eliminare il Mattania, i due tranquilli non sarebbero rimasti di certo, al pensiero che lui si era confidato, che poteva ancora confidarsi, che lo stesso Mattania poteva anche aver passato ad altri la confidenza.

Ma, ripetiamo, nemmeno il Mattania credette ci fosse da riflettere sull'incarico che Masotto gli aveva dato. Si fece dunque in modo di allontanarlo da lui e di avvicinarlo a Castelli.

Rispetto alla regola del silenzio, dell'omertà, Castelli non era di certo meno osservante del Masotto: entrambi, e anche il Calí, non ebbero momento di debolezza nemmeno davanti al patibolo (che era, particolare di triste curiosità, la ghigliottina: e fu maneggiata per loro con atroce imperizia). Come mai, dunque, si fidò del Mattania e gli raccontò minuziosamente tutto?

C'è da fare una ipotesi: che la chiave di cui Mattania si serví, ad aprire la confidenza di Castelli, provenisse da Masotto e fosse il nome di monsignor Calcara. Un nome che nessuno fino a quel momento aveva fatto in rapporto alle pugnalazioni: e a sentirlo da Mattania, e sapendo che costui era stato in cella col Masotto, Castelli avrà creduto sapesse piú di quanto sapeva. Non vediamo altra ragione, per le confidenze che gli fece. A meno che, si capisce, non si vogliano considerare menzogne tutte le cose rapportate dal Mattania al direttore del carcere, alla polizia e poi, direttamente, ai magistrati. E non che dicesse sempre la verità: e se ne resero conto anche Mari e Giacosa; ma delle cose da lui raccontate, quelle controllabili risultarono quasi tutte vere. Ma qui bisogna dire che tra il verbale che delle confidenze al Mattania fece, il 14 febbraio 1863, il cavaliere Temistocle Solera, ispettore di questura, e il rapporto che ne fa Guido Giacosa, ci sono rilevanti discordanze: e non riguardo alla sostanza dei fatti e alle persone che venivano ad esservi coinvolte, ma riguardo alle fonti. Secondo il verbale del Solera, il Masotto andò piú in là, nel confidarsi a Mattania, di quanto si afferma nel rapporto di Giacosa. Noi crediamo però che il giudice istruttore e il procuratore siano stati molto piú attenti dell'ispettore nell'ascoltare Mattania, che gli abbiano piú volte fatto ripetere il racconto e si siano anche serviti, a confrontare, a chiarire, dei biglietti che l'informatore aveva fatto loro pervenire.

Il racconto del Castelli veniva a confermare punto per punto quello di Angelo D'Angelo; e aggiungeva dell'altro. Veniva fuori con rilievo un personaggio fuggevolmente apparso nel processo come teste a discarico di Castelli e Lo Monaco: Francesco Ciprí. Costui, guardapiazza come il Castelli, aveva con tanta prudenza fornito un alibi ai due che non era servito a nulla riguardo agli orari e aveva aggravato la posizione del Castelli riguardo al vestito, alla divisa. Alla domanda del presidente su come il Castelli era quella sera vestito aveva risposto infatti: «con bunaca (*giacca*) e calzone di velluto, e coppola con visiera».

Questo Ciprí, disse il Castelli al Mattania, era colui che per conto del principe di Sant'Elia li aveva ingaggiati. E non che avesse mai detto, il Ciprí, che agiva per conto di Sant'Elia: gli aveva soltanto detto, un giorno, di andare verso le nove del mattino, con la sua squadra, a Porta Felice: ché i signori che pagavano volevano passare in rassegna gli assoldati. E stando tutti a Porta Felice, ad un certo punto passò una carrozza con dentro i principi di Sant'Elia e Giardinelli: e avendo visto, il Castelli, «fermarsi questa carrozza, avvicinarsi il Ciprí, parlare un istante con quei signori, facendo atto come di mostrar loro le squadre raccolte, ne aveva indotto la conseguenza che i principi di Sant'Elia e Giardinelli fossero appunto i signori che li pagavano». Il procuratore Giacosa commenta: «induzione spaventosamente logica, e contro alla quale è impossibile opporre un solo argomento che puerile non sia». A noi di cosí spaventosa logica la deduzione, in sé, non pare: e basta avanzare il sospetto che il Ciprí abbia voluto ingannare i suoi adepti, per vederla crollare. Gli ingaggiati chiedono, a garanzia del loro salario, il nome del mandante; il Ciprí, che non può rivelarlo, ricorre a uno stratagemma: li convoca a Porta Felice, per l'ora che sapeva sarebbe passato il Sant'Elia (a Palermo ancora si sa tutto di tutti: e figuriamoci piú di un secolo addietro); infatti la carrozza passa puntualmente, rallenta o addirittura si ferma a quel punto di incrocio; lui ossequiosamente si avvicina, saluta, si avvicina ancora a far credere al principe che abbia da dirgli qualcosa; ma accostandosi allo sportello gli dice soltanto – e fa il gesto – che sta lí con gli amici, a godersi il sole di settembre. E il gioco è fatto.

Non è dunque la deduzione in sé che conta, ma la verosimiglianza del fatto in rapporto al personaggio Sant'Elia.

Spremuto il Castelli in tutto quel che c'era da spremergli, Mattania viene scarcerato. Passa dalla questura, confusamente riassume per il cavaliere Solera tutta l'opera fino a quel momento svolta, sottoscrive: e viene messo in diretto contatto coi magistrati. Ma con l'obbligo, crediamo, di riferire prima in questura ogni nuovo fatto che avesse da riferire al magistrato: per le correzioni, le omissioni e le aggiunte che la questura avesse ritenute opportune.

Cominciava la parte piú difficile e pericolosa del lavoro cui si era votato. Come in quel gioco in cui bisogna far correre una sola linea da un punto all'altro in una costellazione, in una miriade di punti, ai magistrati toccava far muovere il Mattania dall'uno all'altro personaggio di cui il Castelli gli aveva fatto i nomi: e senza sgarrare un collegamento, ché sarebbe stata la fine del gioco.

Ovviamente, dà principio all'opera con visite pietose ed assidue alle desolate famiglie Castelli e Masotto. Poi va a trovare il Ciprí, gli dice della missione che i due condannati gli avevano affidata: il muovere a compassione il principe di Sant'Elia e monsignor Calcara sulla sorte di quelle persone che già erano nella piú nera miseria e tra poco sarebbero state vedove, orfani. Il Ciprí non fiutò inganno: e a dire che era stato del mestiere anche lui, ai tempi non lontani, che rimpiangeva, di Maniscalco, della polizia borbonica. O forse ci cascò appunto per l'immediata simpatia suscitatagli dal Mattania: da uno cioè che aveva vocazione uguale alla sua. Comunque, a giustificazione del suo fidarsi e a prova che Mattania era davvero riuscito a spillar confidenze a Masotto e a Castelli, è da ritenere per certo che presentandosi a lui come amico dei due, e quindi anche suo, il Mattania gli portò indubitabili contrassegni della confidenza in cui i due lo avevano tenuto.

Dal momento in cui Orazio Mattania stabilisce con Ciprí un rapporto di confidenza, entriamo come in un vortice di nomi, di incontri, di «schiticchi» (cioè di quelle mangiate improvvisate e stuzzicanti al vino), di gite fuori porta e nei paesi vicini, di appuntamenti spesso rimandati o, per il Mattania, di inutile attesa. Grande confusione crediamo venisse poi dagli orari: e per il Mattania riguardo al Ciprí e ad altri congiurati, e per costoro riguardo al Mattania, e per i magistrati sui rapporti del Mattania; ché il computo locale delle ore non era uguale a quello d'Italia. Si aggiunga che l'italiano del «confidente» era anche piú incerto, contorto e spesso insensato di quello degli ispettori di polizia; e crediamo lo fosse anche il suo pensare. Quel che conta è però che la sua missione appare svolgersi con quella ascendente gradualità che era nel disegno dei magistrati inquirenti. Una puntuale «escalation»: che si conclude in una specie di riunione di vertice, cui il Mattania è ammesso.

Recandosi alla riunione (7,30 di sera, crediamo, e di ora italiana), Mattania incontrò il Ciprí: era stravolto per la notizia che i tre condannati erano già in Cappella (tutti i condannati a morte passavano la notte che precedeva l'esecuzione alcuni a sopportare, altri a ricevere secondo l'intenzione con cui erano dati, i conforti della religione); temeva, disse, che vicini alla morte avessero potuto dire qualche cosa, «e che lui per tale timore era due giorni che non mangiava». Questo timore non gli impediva però di raccomandare al Mattania, che ormai lo sovrastava nella gerarchia, di sollecitare i signori che doveva incontrare a promuovere un'azione (presumibilmente un'altra pugnalazione) per la sera di San Giuseppe: «affinché ci avessimo potuto lucrare una cosa di denaro». E lo ammoní a «che non avessi fatto che dopo che lui mi aveva aperto tutte le porte lo avessi dimenticato». Il Mattania assicurò che non lo avrebbe dimenticato, gli offrí in osteria una mezza bottiglia di vino d'amarena. «Uscimmo assieme, e mi accompa-

37

gnava fino alla Matrice, rimanendo appuntati per le 10 della sera in sua casa». E qui è da annotare che se la festa di San Giuseppe, 19 marzo, era da venire, la notizia che i tre condannati erano già in Cappella non era vera: se furono giustiziati il 9 aprile, alle 6 del mattino, al largo della Consolazione.

Lasciato il Ciprí, Mattania entrò nel palazzo arcivescovile. La riunione era nell'appartamento che, come primo segretario dell'arcivescovo, monsignor Calcara teneva in palazzo; appartamento che poi minuziosamente Mattania descrisse ai magistrati. C'erano dodici persone. Nove erano preti: il secondo segretario dell'arcivescovo, il parroco di San Nicolò all'Albergheria, il canonico Sanfilippo ed altri che il Mattania descrive. Dei tre «borghesi», riconobbe subito i principi di Sant'Elia e Giardinelli; il terzo apprese essere il cavaliere Longo.

Il principe di Sant'Elia gli parlò «con severo accento». Traduciamo dall'italiano del Mattania nel nostro: «Mi hanno parlato di voi molto calorosamente sia Pareti che padre Agnello, e so che avete cominciato ad operare per la nostra causa. Ma bisogna sappiate chiaramente che il denaro io lo tirerò fuori ad opera compiuta. Non voglio continuare ad essere tanto coglione da spendere, come finora ho speso, quattromila onze senza ottenere praticamente nulla e correndo il pericolo di finir male. E sarei senz'altro finito male, se non avessi i mezzi che ho. Bisogna agire, ma con molta prudenza. Voi siete scaltro, siete avveduto: ma tenete presente che in questo momento la polizia ha tante ramificazioni segrete quanti io ho capelli in testa. Sapete bene quali patimenti io ho avuto per venti mesi, e senza colpa alcuna; perciò ho giurato o di vendicarmene o di farmi fucilare. Comunque, se voi sarete fermo e costante dalla nostra parte, un buon premio non vi mancherà».

Il principe di Giardinelli introdusse la toccante nota del ricordo. Disse a Mattania che lo trovava molto invecchiato: a modo di riconoscimento, ché lo aveva incontrato quando entrambi militavano nell'armata di Garibaldi; e il Mattania, a suo dire, col grado di sottotenente (il Giacosa, con l'antipatia che sentiva per Garibaldi, i garibaldini e il garibaldinismo, lo assume per certo). E questo incontro tra due garibaldini in arcivescovado, con nove preti intorno, dentro un complotto per la restaurazione borbonica, sarebbe da far celebrare a Mino Maccari in un quadro: da appendere al palermitano Museo del Risorgimento.

All'attenzione del principe di Giardinelli, Mattania malinconicamente rispose che «le sofferenze avute» precipitosamente gli avevano portato vecchiaia. E si passò al concreto: e cioè al denaro per le famiglie dei condannati e per le squadre.

Nonostante il Sant'Elia avesse dichiarato di non volerne piú tirar fuori se non sui risultati, si stabilí che il martedí successivo, in casa del Giardinelli, Mattania avrebbe avuto 700 onze da dividere alle famiglie dei condannati in ragione di 100 onze a ciascuna di quelle dei «giustiziandi» e di 50 a quelle dei condannati a vita; piú 180 onze da dividere ai capisquadra. E con nuove raccomandazioni di cautela, fu congedato.

Per come gli aveva promesso, andò a casa del Ciprí, al vicolo degli Schioppettieri: non lo trovò, la moglie gli elencò le cafetterie e le osterie in cui cercarlo. «Girai una quantità di tempo», dice il Mattania: ché aveva da dargli la buona notizia delle 180 onze destinate alle squadre. Ma non lo trovò: e se ne andò a casa, a scrivere il rapporto che abbiamo riassunto e che l'indomani, nelle mani dei magistrati Mari e Giacosa, avrebbe fatto intempestivamente scattare tanti mandati di arresto e di perquisizione.

Romualdo Trigona, principe di Sant'Elia, duca di Gela (e manzonianamente: eccetera, eccetera), era nato a Palermo l'11 ottobre 1809 da Domenico e da Rosalia Gravina (dei principi di Palagonia: quelli della «villa dei mostri» a Bagheria). Fu educato, si legge nel *Parlamento del Regno d'Italia descritto dal cavalier Aristide Calani*, «virilmente e gentilmente», e fin dalla piú giovanile età diede «mostra di acuto ingegno e di animo egregio». A diciannove anni era infatti presidente della commissione per le prigioni palermitane; carica che esercitò, dice il cavalier Calani, «con sommo zelo». Malignamente, ci piacerebbe sapere per quanti anni: per far diventare ipotesi il sospetto che quella carica gli abbia dato modo di stabilire buoni rapporti con gli ospiti delle prigioni. Fu poi, dal 1845 al 1849, presidente dell'Istituto d'incoraggiamento: che incoraggiava, pare, l'invenzione di macchine utili all'agricoltura e all'industria; ma a giudicare dalle condizioni dell'industria e dell'agricoltura siciliana fin quasi ai nostri giorni, gli incoraggiamenti saranno andati a invenzioni maniacali, a macchine inutili. Al tempo stesso, a riconoscimento della sua sensibilità per l'arte, copriva la carica di vice-presidente della Commissione per l'antichità e belle arti: e gli si attribuisce, nel suo dilettarsi di archeologia, la scoperta di una galleria sottomarina che collegava Acradina ad Ortigia; ma poiché gli scavi che aveva fatto intraprendere mettevano in pericolo la stabilità delle fortificazioni di Siracusa, il governo impedí la prosecuzione. Ed è stata, crediamo, la sola cosa di cui il principe di Sant'Elia avesse da dolersi nei riguardi del governo borbonico. Nel 1848 fu presidente del consiglio civico di Palermo; ma nel 1849, riconquistata dai Borboni l'isola, non soffrí che la destituzione da presidente dell'Istituto d'incoraggiamento. «Costretto dalla polizia borbonica ad esulare nell'aprile del 1860», non sappiamo dove, si ritrovò in Sicilia nel maggio: e la tempestività e il poco prezzo con cui si conquistò il titolo di esule, che molto poi gli valse, può anch'essere casuale; ma noi crediamo s'appartengano alla peculiare disposizione della sua classe – in lui magari piú pronta e affinata – a mutar tutto, e anche se stessa, per non mutar nulla, e tanto meno se stessa: e rimandiamo a *I vicerè* di Federico De Roberto e a *Il gattopardo* di Giuseppe Tomasi. Il fatto poi che, a differenza di tanti altri nobili siciliani, fosse molto ricco, conferiva a quella peculiare disposizione possibilità illimitate. Il Calani dice che contribuí molto «coi mezzi pecuniari alla comune salvezza»; e Telesforo Sarti, nel suo dizionario biografico *di tutti i deputati e senatori eletti e creati dal 1848 al 1890*, finisce con l'assommarne i meriti nel fatto che «aiutò col denaro, sebbene non vi partecipasse direttamente, il risorgimento politico dell'isola, e fu lieto di salutare la libertà italiana». Del resto, nel 1860 aveva doppiato i cinquant'anni: e anche se Garibaldi, avendone due piú di lui, faceva quel che faceva, il servizio delle armi e la guerra non gli si confacevano nemmeno per mentalità, e di classe e personale. Piú confacente, piú comodo, era stato sempre per la sua classe tirar fuori un po' di denaro e salutare da lontano le cause per cui gli altri combattevano. E cosí il principe di Sant'Elia salutava quella della libertà italiana.

Nel capitolo XVII de *La fine di un Regno* di Raffaele de Cesare, troviamo una vivace descrizione della vita che conduceva l'aristocrazia palermitana tra il 1840 e il 1860; e una notizia che riguarda il principe di Sant'Elia e che riportiamo perché potrebbe anche servire a spiegare un particolare su cui piú tardi si arrovellerà il procuratore Giacosa: «Le sale di scherma non erano pubbliche, ma alcuni signori, come Antonio Pignatelli, Pietro Ugo delle Favare, Emanuele e Giuseppe Notarbartolo e i giovani Sant'Elia, dei quali era primogenito l'elegantissimo duca di Gela, che fu deputato e senatore, invitavano per turno a casa loro gli amici a esercitarsi». E non pare che in quella vita ci fosse altro che il tirar di fioretto e di sciabola: tra esercitazioni e «partite d'onore», come il De Cesare chiama i duelli. E l'onore per cui si contendeva poteva esser quello, per esempio, di mettere una mantiglia sulle spalle di Stefanina di Rudiní, detta «la bellezza bruna», che in quegli anni faceva dittico con Eleonora Trigona (sorella di Romualdo, e sposata poi a quel Giardinelli che il Mattania ci ha fatto vedere in arcivescovado), detta «la bellezza bionda».

Passati i cinquant'anni, e piuttosto appesantito nel fisico, il principe di Sant'Elia certo non si dedicava piú agli esercizi di scherma. E poi, per quel saluto che aveva mandato alla libertà italiana, gli erano piovute tante di quelle cariche, che era di fatto l'uomo piú rappresentativo che ci fosse in Palermo[4]. E infatti, appunto, Vittorio Emanuele II spesso lo delegava a rappresentarlo nelle feste religiose, nelle cerimonie civili. La cosa, evidentemente, non piaceva a tutti: e la prima volta che capitò, l'8 dicembre 1862, per la processione dell'Immacolata, a un giornale che scrisse della soddisfazione del paese nel vedere il Sant'Elia rappresentare il re, *Il precursore* cosí rispose: «Se il paese si compone degli invitati al banchetto di Sant'Elia, il giornale ha ragione; se si compone di tutte le classi di cittadini, ha torto... Chi scrisse l'articolo, al vedere i cittadini a capo scoperto, avrà creduto salutassero il Sant'Elia. Niente affatto: salutavano l'Immacolata». Pur professando per il principe «tutto il rispetto», *Il precursore* non si spiegava perché mai il re non si facesse rappresentare, com'era logico, dal Commissario Regio, che a tutti gli effetti in Sicilia lo rappresentava. In linea di logica, infatti, non si spiega. Si spiega in linea di politica: che no-

[4] Il principe era anche presente in tutti i comitati di beneficenza (orfanatrofi, asili infantili, panizzazione gratuita per i poveri) e di bonifica sociale (contro l'accattonaggio); né perdeva di vista la protezione delle Belle Arti (premi) e delle Scienze (dono al Gabinetto di Anatomia Patologica di «una ricca e magnifica cassa contenente molti e preziosi strumenti di chimica, il cui valore è superiore ai 3000 franchi»).

43

nostante fosse stato nominato senatore fin dal 20 gennaio dell'anno avanti, e quindi tra i primi (nella categoria 21: delle persone che pagavano 3000 lire d'imposta diretta in ragione dei loro beni); che nonostante la commenda dell'ordine Mauriziano e le tante cariche, della fedeltà di Sant'Elia all'*ordine nuovo* il governo di Vittorio Emanuele non era convinto. *Et pour cause*, come vedremo. Intanto, è da notare che non si vede nella biografia del principe dove stiano quei patimenti sopportati per venti mesi di cui riferisce il Mattania. Forse si tratta di un errore materiale in cui è incorso colui che ha fatto le copie degli atti che il procuratore, per sua precauzione e per nostra fortuna, volle portare con sé, quando lasciò il suo ufficio. Probabilmente si dovrebbe leggere «questi mesi», i mesi in cui si è sentito sospettato, vigilato (già il 26 novembre del '62, *Il precursore* scriveva che nei fatti del 1° ottobre si mormorava «v'erano compromesse persone di rinomanza»). Ma come poteva, il principe, dire «senza colpa alcuna» davanti al Mattania, davanti ai suoi complici?

La notte dal 12 al 13 marzo scattarono le perquisizioni, gli arresti. Troppo presto e insieme troppo tardi. Troppo presto perché nient'altro Giacosa e Mari avevano in mano, nei confronti del Sant'Elia che ritenevano capo della cospirazione, che i rapporti del Mattania. E troppo tardi perché da quei rapporti era venuto fuori un tal numero di persone da arrestare e di così diverse tendenze politiche, che il pensarle assieme e d'accordo, a complottare per la restaurazione borbonica, diventava tanto difficile da sfiorare il ridicolo. Quel che Giacosa temeva, e aveva respinto, stava accadendo attraverso i rapporti di Mattania: e si doveva accettarlo. Non c'era che o da prenderli o da lasciarli, quei rapporti. Assumerli come veri o lasciarli cadere come falsi. Prendersi il principe di Sant'Elia, i preti, gli ex confidenti della polizia borbonica, e lasciar perdere quelli del «partito esagerato», non si poteva. Mattania, o chi dietro di lui, era riuscito a metter dentro la cospirazione gli *opposti estremismi*[5].

Il 14, il principe lanciava il suo grido di indignazione, di dolore: «Eccellenza, Onorando signor Presidente, un disgustoso ed imprevedibile avvenimento mi mette nel dovere di rivolgermi all'E.V. come capo illustre del nobilissimo Senato del Regno d'Italia.

La notte del 12 corrente verso l'ora 1 ant. un giudice istruttore si presentava al mio domicilio per mandato del Consigliere della Corte d'Appello sig. Mari, delegato per l'istruzione del processo dei pugnalatori; egli era autorizzato ad eseguire una perquisizione del mio domicilio, anche in quell'ora notturna che l'articolo 142 del codice di procedura penale esclude per regola, tranne il caso che vi fosse *pericolo imminente nel ritardo.*

L'apparato di forza con cui devenivasi a tal perquisizione, la simultaneità in quella notte stessa di mol-

---

[5] Non poteva mancare l'esultanza del *Giornale Officiale di Sicilia* (sulle cui posizioni e linguaggio gustosissime osservazioni si possono leggere ne *La fine di un Regno* di Raffaele de Cesare): «Pare che la cospirazione si estendesse su tutta l'Isola per combinare un movimento borbonico e mazziniano».

ti altri arresti, il carico preciso che contro me portava il mandato, cioè *capo ed autore di attentato contro la sicurezza interna dello Stato*, riempivami di inesprimibile sorpresa, la quale fu il domani partecipata dall'universale dei cittadini.

Ignorando finora su quali elementi l'istruttore del processo determinavasi ad un fatto cotanto grave, né da chi proceda la strana calunnia, che i miei notissimi principii e precedenti pubblici e privati, mi danno il dritto di altamente sprezzare, non mi è dato per ora se non deplorare la falsa via in cui i tristi riescono ad impegnare l'istruttoria dell'autorità giudiziaria, la quale pare non riesca sempre a premunirsi contro cosí trasparenti insidie.

Forte del sentimento della mia probità e della mia fede politica, pago delle inattese, spontanee e lusinghiere assicurazioni di stima della primaria autorità locale, non che di altri alti funzionari che han debito per ufficio di conoscere intimamente gli individui che qui dimorano, e testimonio da ultimo delle manifestazioni unanimi, energiche e compatte della piú viva indegnazione del paese per un cosí deplorevole attentato, io avrei di già largamente conseguito quanto il mio amor proprio avrebbe potuto sperare.

Dolente però, non tanto per me stesso, ma per le conseguenze politiche che un tal fatto produce nel paese, profondamente commosso al vedere amalgamato un tale incidente con l'arresto di persone di principii, di colore e di moralità opposta, che rendono impossibile la piú lontana connivenza, io debbo protestare contro tali inqualificabili incoerenze, che fanno alzare la testa agli uomini del partito sovversivo, che veggono mettere le mani sopra gli uomini che han tutto sacrificato per propugnare con energica perseveranza la nobile causa.

Dopo tali dolorosi fatti sento tutto il dovere di dare notizia del caso all'E.V., non solo perché nel pubblico interesse spinga nella sua alta saggezza quei provvedimenti che la gravità della circostanza esige, ma perché possa esattamente valutare se nella mia persona possano venire offese le alte prerogative del nobilissimo consesso, al quale ho l'onore di appartenere».

Il presidente del Senato – non si capisce perché, se il Sant'Elia dice la perquisizione eseguita per mandato del giudice istruttore: forse voleva prender tempo sul piano ufficiale per informarsi intanto su quello ufficioso – manda copia della lettera al ministro dell'Interno e chiede di essere ragguagliato sui fatti. Il ministro dell'Interno risponde di non saper nulla: soltanto il ministro Guardasigilli può essere in grado di dare ragguagli. Gli scrive per averne: «e non appena li avrò ottenuti mi farò carico di parteciparli alla S.V.». Impaziente, il presidente del Senato scrive anche lui al ministro della Giustizia. Ne riceve pronta risposta: che non ha piena cognizione delle indagini che hanno portato alla perquisizione in casa Sant'Elia, ma che comunque «ben è lieto di poter dire che la perquisizione fatta nella casa del Principe ebbe un risultato negativo».

Uguale letizia non avevano il consigliere Mari e il procuratore Giacosa. La perquisizione aveva avuto un risultato negativo, se non per un particolare che però nulla valeva come prova.

Per quella perquisizione, i magistrati si erano avvalsi dei carabinieri: precauzione che fu sempre di quei magistrati che volevano segreti e di esatta esecuzione i loro provvedimenti. E i carabinieri tanto esattamente eseguirono quello, che contarono le finestre del palazzo Sant'Elia prima da dentro e poi da fuori: e si accorsero che contate da dentro ne risultava una in meno, sicché facilmente ne dedussero che una camera era stata occultata. Si diedero, col calcio dei fucili, a percuotere le pareti interne, ad auscultarne – se sordo o vacuo – il suono; a spostare mobili. E finalmente scoprirono, dietro un armadio, un muro di fresca fattura che era stato levato in luogo di una porta. Lo demolirono: e si trovarono ad una visione da pittura metafisica. Una grande stanza, con delle sedie disposte come per uno spettacolo: e di fronte a quelle sedie era un manichino da cui pendevano campanellini e con infisso alla schiena un pugnale somigliante a quello che era rimasto al Di Marzo tra la prima e la seconda vertebra dorsale.

Non parve ai magistrati (e non pare a noi), di concluderne che il principe, per usare l'espressione che il Mattania gli attribuiva, fosse tanto coglione da portarsi in casa le reclute alle pugnalazioni per esercitarle. Forse (e qui ci richiamiamo alla notizia del De Cesare) quella stanza e quel manichino erano una volta serviti alle esercitazioni di scherma (e i campanellini servivano probabilmente a segnalare la toccata: benché, a nostra cognizione, l'uso dei manichini con sonagli fosse piú da scuola di borseggio che di scherma). Ma quel pugnale, ma quella porta murata? I magistrati vanamente ci si arrovellarono; né potevano chiedere spiegazioni al principe, sdegnosamente chiuso nell'immunità che gli veniva dall'essere senatore. Avevano potuto perquisirgli la casa aggirando ogni divieto con la motivazione del *pericolo imminente nel ritardo*: pericolo che da un momento all'altro degli elementi di prova potessero essere occultati o distrutti; ma non potevano né arrestarlo né interrogarlo, senza ordine espresso del Senato. Quest'ordine non venne mai; e anzi vennero, per i due magistrati, richieste di giustificare il loro operato, rimproveri, accuse.

Piú blandamente, e piú tardi, furono domandate giustificazioni e mossi rimproveri per la perquisizione degli appartamenti di monsignor Calcara e dei sacerdoti Cafanio (ma a volte si legge Casanio) e Accascina in arcivescovado: da parte del ministro Guardasigilli. Indubbiamente, l'arcivescovo aveva fatto arrivare al ministro le sue lamentazioni, e per il provvedimento in sé offensivo ed ingiusto e per la violenza con cui carabinieri e soldati l'avevano effettuato.

Giacosa e Mari, che alla simultanea perquisizione in casa Sant'Elia avevano delegato altri magistrati dei loro uffici, a questa in arcivescovado avevano voluto esser presenti. La nota di Giacosa per il Guardasigilli è dunque su una cosa vista.

«Verso il mezzo tocco dopo la mezzanotte, il signor Consigliere d'Appello Mari, assistito da me, si presentò al portone principale del palazzo arcivescovile accompagnato da buona mano di forza, la qual forza era destinata ad occupare le varie entrate ed

49

uscite e vigilare nell'interno delle camere, che si pre-
vedevano vaste e numerose, a che nessuno trafugas-
se oggetti. Si bussò per molti minuti, da sei ad otto,
chiedendo che si aprisse in nome della legge. Nessuno si presentò. Nessuna delle tante finestre dell'arcivescovado, vuoi al pianoterra vuoi al piano superiore, si aperse: e si sapeva esservi un guardiaportone e
una numerosa famiglia di domestici. Allora il Consigliere Mari, d'accordo con me, diede ordine che si
aprisse con la forza la porta, presumendo con fondamento che quell'ostinato silenzio avesse per scopo o
di approfittare del tempo per nascondere qualche documento o, piú probabilmente, quello di spingere le
autorità a misure estreme, onde poter poi atteggiarsi
a vittime ed avere pretesto per accusare di brutalità
gli agenti governativi. Quando lo scassinamento della porta era già inoltrato, si intese una voce dall'interno che chiedeva: *Chi è?* Gli si rispose: *La giustizia, aprite in nome della legge.* E immediatamente si
diede ordine alla forza di sospendere. Ma trascorso
altro tempo, si diede l'ordine di continuare l'opera
già quasi compiuta. Sconficcato uno dei battenti, en-
trammo nel cortile del palazzo, completamente al
buio. Abbiamo chiamato piú volte: nessuno compa-
riva, nessuno rispondeva. Accesi due lumi che avevamo portati con noi, abbiamo visto uno scalone. Vi
siamo saliti e al sommo, sul pianerottolo, c'era una
porta anch'essa chiusa. Bussammo lungamente e
finalmente un vecchio venne ad aprire e ci condusse
in un vasto salone d'anticamera. Qui gli abbiamo im-
posto di indicarci: primo, l'appartamento di monsignor Calcara; secondo, quello del sacerdote Cafanio;

terzo, quello del sacerdote Accascina, rettore del seminario che è annesso all'arcivescovado. Ci volle un po' di tempo prima che quest'uomo, unico comparso, obbedisse alle nostre richieste. Finalmente ci condusse all'appartamento di monsignor Calcara, che è in un secondo cortile del palazzo. Naturalmente, lasciammo delle guardie ai vari accessi e alle varie camere, senza però riuscire ad assicurare tutto, data la immensità dei locali e la nessuna cognizione che noi ne avevamo. Per penetrare negli alloggi del Calcara e dell'Accascina, ci convenne fare ancora abbattere qualche porta, tanta la pervicacia degli abitatori a non aprire: e sí che il rumore prodotto nell'aprire la grande tale era stato da dover risvegliare tutti. Non cosí convenne fare con l'appartamento del sacerdote Cafanio, che ci fu aperto dai valletti... Una perquisizione notturna è sempre un fatto doloroso, ed un animo esacerbato sempre è disposto ad esagerare gli inconvenienti: ma dal canto nostro, e nelle istruzioni date e in quella parte dell'esecuzione che a noi incombeva, abbiamo agito come onesti magistrati e uomini educati e civili».

Si capisce che non trovarono nulla che potesse compromettere monsignor Calcara e i sacerdoti Cafanio e Accascina. E come potevano, in quel palazzo che era per loro un labirinto e con tutto il tempo che monsignori, preti, seminaristi e valletti avevano avuto per far sparire o distruggere quel che loro cercavano? Cercavano delle carte: e nel giro di dieci minuti si può far sparire tutto un archivio. Da ciò monsignor Calcara, avvisato del mandato di arresto oltre a quello della perquisizione, riusciva a una serenità persino complimentosa: «rallegrandosi, in tanta disgrazia, di essere capitato a mani di persone educate e colte».

E trovarono, i tre preti arrestati nel palazzo arcivescovile; gli altri arrestati nelle loro canoniche; il cavaliere Longo, il Ciprí, il Pareti arrestati nelle loro case; tutti insomma gli arrestati di quella notte: trovarono, tra guardie di questura e guardie carcerarie, persone tanto di piú educate da non privarle di piacevole e utile compagnia. «Ella sa – scrive Guido Giacosa a un alto magistrato da cui forse spera solidarietà e aiuto – come, appena eseguito l'arresto, tutti gli arrestati siano stati provvisoriamente condotti alla fortezza di Castellammare, e quivi messi in una sola camera e lasciati per circa ventiquattr'ore in piena e liberissima comunicazione tra loro, e con tutto l'agio e l'opportunità di concertarsi insieme». E dopo avere elencato tutte le insufficienze, le inadempienze, le complicità: «Ella conosce tutte queste cose, e quindi saprà farsi un esatto criterio della difficoltà immensa, e di fondo e di dettaglio, che noi troviamo nell'esercizio del nostro arduo ministero. Noi siamo disposti ad assumere ogni responsabilità, ma speriamo che tutti gli uomini onesti, nel valutare i gradi di questa responsabilità, sapranno tener conto delle difficoltà infinite che ci si affacciavano e della esiguità parimenti infinita dei mezzi che erano a nostra disposizione per superarle». E già questo parlare al passato – un passato rapportato al futuro in cui «tutti gli uomini onesti» giudicheranno – di un fatto presente in cui ancora si dibatteva, che ancora sperava di risolvere secondo verità, secondo giustizia, è un primo segno di disperazione.

L'intempestività dei provvedimenti presi da Giacosa e Mari – troppo presto e insieme troppo tardi – era dovuta alle sollecitazioni della questura. «Il Consigliere Mari, alla cui opinione io non ero alieno di sottoscrivermi, era del parere si dovesse ancora temporeggiare, poiché, come il Mattania prometteva, noi avevamo fiducia che ci avrebbe fatto pervenire documenti assai importanti. Ma la questura ci pregava di rompere gli indugi, ci esponeva lo stato del paese essere pericoloso molto. Relazioni ufficiali venute da diverse parti (*alla questura*), accennavano a moti imminenti; si distribuivano munizioni, bande armate di renitenti (*alla leva militare*) si mostravano qua e là nel paese; si sentiva, per cosí dire, il rombo che precorre la tempesta; si respirava l'atmosfera di prossima insurrezione... La mattina del giovedí 12 corrente, stavamo intenti, il Consigliere Mari ed io, a mettere in ordine le numerose copie dei mandati di perquisizione e di arresto, quando ci pervenne una nuova denuncia del questore, portata dall'ispettore cavalier Solera, nella quale si contenevano fatti a carico di taluni fra i capi riconosciuti del Partito d'Azione e del Partito Autonomista. A questa erano aggiunti tre documenti: una lettera del generale dei carabinieri, una lettera anonima inviata al prefetto e contenente nomi e fatti di una certa gravità, e una lista di dieci persone il cui arresto si credeva necessario... E questa fu la ragione per cui, nella lista abbastanza lunga delle persone arrestate, figurano nomi di persone appartenenti a cosí disformi partiti». Tra i quali partiti c'era un solo possibile collegamento: il principe di Giardinelli, i cui «precedenti e andamenti» garibaldineschi («fu uno dei compagni di Garibaldi nell'ultima sua ribellione di Sicilia, ed uno dei reduci d'Aspromonte») potevano anche «farlo ritenere come appartenente alla parte piú spinta del Partito d'Azione». Ma Giacosa e Mari non si fissarono mai su questo possibile tramite, anche se non del tutto insensato sarebbe stato il considerarlo, in un momento in cui persino si realizzava l'incredibile incontro, tra Parigi e Napoli, del partito borbonico col partito murattiano.

Tra gli arrestati del «partito esagerato» era Giovanni Raffaele, medico, direttore del giornale *Unità Politica* (piú tardi, ma per mandato emesso alla stessa data, fu arrestato anche l'ex generale garibaldino Giovanni Corrao). Nel 1883, ormai senatore del Regno, Raffaele pubblicò un volume di *Rivelazioni storiche* in cui ampiamente racconta del suo arresto, della sua prigionia: e facendone carico al questore Bolis. Secondo Raffaele, tutto era stato ordito – e pagato sui fondi segreti – dal questore, e per demoniaca ispirazione del La Farina. Tutto: pugnalazioni, confessione di D'Angelo, rapporti del Mattania. Il procuratore Giacosa, consapevole o ingannato, gli era andato dietro. Il consigliere Mari, invece, aveva svolto gli atti di sua competenza senza convinzione: e sarebbe stato molto piú cauto, presume il Raffaele, se non avesse dovuto seguire il Giacosa.

Riguardo al Mari, Raffaele si affida soltanto a una

impressione dovuta al contatto personale: la gentilezza formale con cui lo trattò negli interrogatori, le
concessioni che gli fece ad addolcirgli la prigionia, la
nonchalance – che probabilmente non gli nascose –
con cui affrontava quel ramo d'indagine che toccava
il «partito esagerato». Se avesse avuto contatti ugualmente frequenti col Giacosa, ne avrebbe avuto stessa impressione. Mari – lo sappiamo dalle tante e mi-
nuziose relazioni – era in tutto d'accordo con Giacosa. Riguardo al questore Bolis, si può essere d'accordo col Raffaele nel credere che avesse inzeppato arti-
ficiosamente il caso con l'includervi quelli del «partito esagerato»; ma non pare possibile avesse dal nulla tutto creato: pugnalazioni, arresto e confessione
del D'Angelo, apparizione e ruolo del Mattania. Il
dubbio che tutto fosse stato ordito dalla questura,
poteva anche venire al procuratore Giacosa; e infatti per un momento gli venne («Non poteva essere
che tutta questa macchinazione fosse stata opera del-
l'amministrazione medesima, la quale per farsi un
merito presso il Governo avesse inventato questa tra-
gicommedia ed avesse dettato giorno per giorno al
suo docile agente le relazioni nel senso da lui [*sic*] voluto?»: e ci siamo permessi l'antipatico *sic* di cui i
professori infiorano la pubblicazione di documenti,
per segnalare un lapsus significante: Giacosa parla
dell'amministrazione ma inconsciamente si riferisce a
«lui», al questore Bolis); ma non può venire a noi.
Se il Raffaele avesse visto le carte che noi vediamo,
certo non si sarebbe ricreduto sul questore Bolis per
l'ingiusta persecuzione nei suoi confronti, per i guai
che gli doveva; ma non gli avrebbe mosso l'accusa di

aver fatto languire nel carcere, quanto lui innocenti, il canonico Patti e quegli altri che il canonico, in certi versi in dialetto che il Raffaele riporta, proclama vittime di Mattania, di Bolis e di quei due magistrati che «su dui minchiuna o puru dui cagghiostri» (o sono due minchioni o due cagliostri). E qui è da notare che tanto il canonico, nei versi che Raffaele riporta, quanto lo stesso Raffaele ripetutamente, chiamano Matracia il Mattania. E sarebbe errore di poco conto, se il Raffaele non si accanisse a dare informazioni, che garantisce esattissime a fronte di quelle false che ne avevano i magistrati, sulla famiglia e sul passato del Mattania. E non che si voglia crederlo di famiglia non ignobile e di immacolato passato: ma queste informazioni, privatamente ricercate dal Raffaele, non è possibile riguardino appunto un Matracia? Se poi si aggiunge che Raffaele afferma non essere Orazio il vero nome della spia ma «quasi certamente» Giuseppe, vien fuori l'incongruenza che all'incertezza sul nome corrisponda tanta certezza sulla parentela e sui trascorsi del Matracia-Mattania. Che era senz'altro – e Giacosa, come abbiamo visto, lo sapeva – un pessimo soggetto; ma capita qualche volta che i pessimi soggetti si votino alla verità e per la verità soffrano quel che con la menzogna non gli sarebbe mai avvenuto di soffrire.

Alle accuse che Raffaele lanciò appena scarcerato contro il questore Bolis, e che ribadisce dopo vent'anni, c'è da opporre in linea di logica – e a prescindere dalla lettura dei documenti – che se veramente Bolis fosse stato l'artefice di tutto, tutto sarebbe andato fin dal principio contro il «partito esagerato».

È invece all'ultimo momento che le carte di questo vengono mescolate e confuse a quelle del partito borbonico: e cosí frettolosamente e maldestramente che Giacosa e Mari, prima che passi un mese, mettono fuori gli arrestati del Partito d'Azione e del Partito Autonomista e liquidano da quel lato tutte le risultanze poliziesche. Del resto, Raffaele ad un certo punto si lascia andare ad ammettere che dei fatti del 1° ottobre «la voce pubblica non malamente avvisava quando facea colpa ad una polizia corrotta stretta in intime relazioni con una celebre *società patriottica*»: che è esattamente quel che pensava Guido Giacosa, se la «celebre *società patriottica*» cui Raffaele allude era quella, cosí denominata, che il Sant'Elia presiedeva. E può esser conferma che il Raffaele volesse alludere in quella direzione il fatto che quando tocca alla perquisizione in casa Sant'Elia non mostra la minima indignazione e nemmeno se ne meraviglia, come invece suol fare, come invece continuamente fa, di fronte agli errori e agli abusi di una polizia e di una magistratura che a sua opinione altro non facevano che obbedire agli infernali disegni del La Farina. E peraltro gli sarebbe stato difficile trovare una sola ragione per cui il La Farina contro il Sant'Elia avesse voluto armare quella trappola poliziesca e giudiziaria, mentre tante in effetti ne esistevano che potevano muoverlo a sottrarglielo, a proteggerlo. (Secondo un nostro amico giornalista, la storia d'Italia dall'unità ad oggi è stata in gran parte condizionata da rivalità, da inimicizie dichiarate o celate, tra siciliani. Quella tra La Farina e Crispi ne è la prima. Quella tra il procuratore generale Carmelo Spagnuolo e il capo della polizia Angelo Vicari forse l'ultima. Vogliamo dire: la piú recente, per quel che ne sappiamo; ché può darsi ce ne siano altre di cui, senza saperlo, stiamo godendo gli effetti).

Nel *Giornale Officiale di Sicilia* del 4 aprile: «Ieri sera Sua Eccellenza il Principe di Sant'Elia, Senatore del Regno, per delegazione speciale avutane da Sua Maestà il Re, assisteva nella Real Cappella Palatina ai mesti riti coi quali la Chiesa commemora il gran sacrificio compiutosi sul Golgota. Nelle ore pomeridiane dello stesso giorno la prelodata Eccellenza Sua aveva seguito il simulacro di Nostra Signora della Soledad che processionalmente tradotto, siccome è pio costume, per alcune vie della città, veniva sul far della sera restituito alla Chiesa dei Trinitari, al largo della Vittoria, sua consueta dimora. Formavan parte del corteggio il Prefetto della Provincia e il Magistrato Municipale... Numerosissima fu la popolazione che assistette a questa mesta cerimonia; e grande la tranquillità con cui fu compiuta».

La Chiesa dei Trinitari era, ed è, della nazione spagnola: ha parroco spagnolo che dipende, se non ricordiamo male, dal vescovado di León. Vi si venera perciò la Madonna della Soledad. E per noi la parola soledad ha suono e suscita immagini che non hanno niente o poco a che fare col dolore (solitudine ma anche solarità; donne di neri occhi e di neri capelli che portano quel nome; «la musica callada, la soledad sonora» di Antonio Machado); ma Nuestra Señora de la Soledad, la Virgen de la Soledad, Maria de la

58

Soledad, è quella che noi diciamo l'Addolorata; ed è raffigurata, da noi come in Spagna, con un pugnale infisso nel petto e a volte con sette disposti a mezza raggiera: realistica metafora dell'annuncio che il figlio è stato crocefisso, del peccato e dei vizi umani che la feriscono. E di solito, nelle statue di gesso o di carta-pesta, il pugnale – lama d'argento, impugnatura do-rata – può anche servire a davvero pugnalare: e lo si vede a volte, se di lama lunga, vibrare al passo dei portatori.

La «delegazione speciale» a rappresentare in quel-la processione il Re d'Italia era dunque, per il prin-cipe di Sant'Elia, un trionfo su coloro che lo accusa-vano, ma insieme era un offrirlo agli occhi dei paler-mitani in una specie di contrappasso. A vederlo andar mestamente dietro a quel simulacro con un pugnale infisso nel petto come al povero Di Marzo tra la pri-ma e la seconda vertebra, ci saranno stati, da bocca ad orecchio, tanti ironici commenti: ma cosí nume-rosi e continui da arrivare al principe e ai suoi amici come ondate di una marea. Da ciò, crediamo, il rilie-vo che il giornale dà alla grande tranquillità con cui la processione si svolse: appunto perché del tutto tranquilla non fu, almeno per quel numeroso e con-tinuo mormorare. Che crediamo andasse piú sotto il segno dell'ironia che dell'indignazione: e il vuoto del-la giustizia, che altrove avrebbe riempito l'indignazio-ne, qui come sempre s'infarciva di quei rassegnati pro-verbi di cui è abbastanza vasto catalogo I *Malavoglia* di Giovanni Verga. Castelli, Calí e Masotto – sempre difesi dall'avvocato dei poveri e da un avvocato d'uffi-cio – avevano avuto respinto dalla Cassazione il loro ricorso, la sentenza dell'Assise era stata confermata: e davvero stavano per entrare in Cappella, con grande apprensione del Ciprí e di altri suoi compagni che si trovavano ora in carcere e temevano che debolezza o rancore li travolgesse davanti al patibolo e si abbandonassero a confessar tutto. E i condannati, si disse, veramente confessarono tutto: ma ai preti che li assistevano; e soltanto il Castelli parlò, sul palco della ghigliottina: ma per dire che era innocente. E c'è da credere un uomo come lui lo dicesse con convinzione, poiché materialmente non aveva pugnalato nessuno. Innocente della stessa innocenza dei suoi mandanti.

Il mondo andava dunque per come era sempre andato: Castelli, Calí e Masotto stavano per entrare nella Cappella dei condannati a morte; il principe di Sant'Elia entrava nella Real Cappella Palatina in rappresentanza di Vittorio Emanuele II, re d'Italia. «In nome di Vittorio Emanuele II, per grazia di Dio e per volontà della Nazione Re d'Italia»: una sentenza di morte per il guardapiazza, il venditore di pane e l'indoratore; una «delegazione speciale» a rappresentarlo per il principe. I tre erano stati giudicati e condannati a morte sulle sole rivelazioni del D'Angelo; ma queste rivelazioni stesse nulla valevano contro il principe di Sant'Elia.

L'angoscia di colui che aveva chiesto e ottenuto per i tre la condanna a morte corre ora, come una crepa in un muro che sta per cedere, nelle carte ufficiali. Le relazioni di Guido Giacosa, prima impassibili, hanno ora un che di convulso. «Con basi assai meno imponenti» di quelle che abbiamo per spiccare mandato contro il principe di Sant'Elia, sono stati arrestati e condannati, scrive, «quei dodici disgraziati», tre dei quali «pagheranno fra poco alla giustizia umana con terribil fio». «Noi non abbiamo badato alla qualità delle persone, ai loro precedenti, alle loro dignità, al loro carattere; abbiamo dimenticato il principe e il monsignore, il facchino e il guardapiazza: per ricordarci solo che tutti erano uguali di fronte alla legge, che contro tutti pesavano uguali indizii e che questi indizii in nostra coscienza erano sufficienti e gravi. A tutti era dunque dovuto uguale trattamento; e se ci siamo ricordati che fra i colpiti da questi indizii vi era un Senatore del Regno, ciò fu soltanto per rispettarne le prerogative nei limiti piú stretti consentiti dallo Statuto... Gli indizii per noi esistevano, ed erano di una gravità e importanza innegabili. Dico di piú: gli indizii contro i principi Sant'Elia e Giardinelli erano maggiori e piú imponenti che non quelli contro tutti gli altri imputati, poiché contro gli altri stavano soltanto le rivelazioni di Angelo D'Angelo. Ponderare fino a qual punto la reputazione di cui godeva e gode il principe di Sant'Elia controbilanciasse gli indizii che erano in nostra mano, non era ufficio che ci potesse tenere lungamente incerti. Quest'opinione non distruggeva i fatti che noi dovevamo credere e crediamo veri. Tra un fatto e un'opinione, dovevamo attenerci al primo e non alla seconda. Il primo era, secondo noi, vero; la seconda poteva essere usurpata. Una volta ciò stabilito nella nostra coscienza, noi dovevamo agire contro il principe di Sant'Elia allo stesso modo con cui agivamo contro tutti gli altri, arrestandoci solo a quel punto dove era impossibile il progredire senza violare lo Statuto. Ora lo Statuto non interdice, per quanto riguarda un Senatore, né l'istruzione del processo né tutti i mezzi che fan parte del sistema istruttorio, fra i quali la visita domiciliare; interdisce soltanto l'arresto...» Il Senato, la commissione che si formò per esaminare il caso, avrebbe potuto sciogliere l'interdizione; e non solo non la sciolse, ma solennemente riprovò la perquisizione (pur ammettendo che non erano state violate le prerogative del Sant'Elia in quanto senatore) definendo «spia» e «mascalzone» il Mattania (mascalzone anche in quanto spia, evidentemente: e da ciò si vede che il sentimento dei senatori del Regno d'Italia non era poi tanto diverso, nei riguardi delle spie, di quello dei *mafiosi della Vicaria* nella commedia di Rizzotto e Mosca che proprio in quell'anno si avviava a un secolare successo), «insipienti» i magistrati e un «mulino a vento» le indagini e l'istruttoria. E sarebbero da trascrivere interamente e il resoconto della «tornata» senatoriale del 24 marzo e la relazione conclusiva (12 maggio) del senatore Vigliani, presidente della commissione eletta in quella «tornata». Ma la relazione essendo stata in effetti anticipata dalla discussione del 24 marzo, ci limitiamo a citare qualche brano degli interventi. Da quello del senatore Vigliani, che forse per essere stato il primo a parlare fu poi nominato presidente della commissione: «Io vi dirò francamente anzitutto che per la conoscenza personale che ho degli uomini che dovettero prendere parte a questo atto giudiziario, non posso nemmeno concepire ombra di sospetto che le loro intenzioni non siano assolutamente pure e rette; ma avviene, o signori, all'autorità giudiziaria, come a tutti gli uomini di qualunque grado e condizione, che disgraziatamente debbano pagare tributo all'umana debolezza e cadere qualche volta in errore. Io non anticiperò alcun giudizio...» E lo aveva già anticipato. Da quello di Pisanelli, ministro di Grazia e Giustizia o che dir si voglia Guardasigilli: «Signori, io comprendo il dolore che ha dovuto provare il principe di Sant'Elia non già quando ha visto la sua casa attorniata dalla forza pubblica, ma quando ha pensato che contro di lui potevasi rivolgere un'accusa di fellonia; contro di lui che fu tra i primi ad acclamare il nuovo regno d'Italia; contro di lui che con costanza serena si è tenuto sempre lontano dai partiti estremi e con fede incorrotta è stato sempre devoto alla monarchia dei Savoia e alla causa nazionale... E comprendo, o signori, com'egli abbia dovuto essere penetrato di profonda amarezza quando si è visto fatto segno ad una procedura giudiziaria. Ebbene, o signori, io credo che a questa medesima amarezza hanno partecipato col principe di Sant'Elia quanti hanno con lui comuni i principii di devozione alla casa Savoia e alla causa nazionale; e dirò francamente e apertamente: io ne ho quant'ogni altro partecipato». Da tutti i senatori erompe un «bravo!»; e il senatore Vigliani riprende la parola per ringraziarlo: «Io sono veramente lieto di aver provocato da parte di un personaggio cosí autorevole le dichiarazioni che ha fatto riguardo alla persona dell'onorevole senatore di Sant'Elia». E il senatore Di Revel ribadisce: «Io non mi preoccupo della condizione del nostro onorando collega il principe di Sant'Elia. Tutti coloro che lo conoscono, tutti coloro che ne hanno inteso parlare, sono assolutamente in grado di non poter credere...» Quello di cui il senatore Di Revel si preoccupa «è dei diritti, della dignità e dei doveri del Senato»; tra i quali doveri assolutamente non ammette quello di non interferire in una istruttoria ancora in corso e di non dare per innocenti le persone che i giudici credono colpevoli.

Dopo la seduta del 24 marzo e la formazione della commissione che avrebbe giudicato sul caso, il Senato attendeva dal Guardasigilli una relazione. Il Guardasigilli l'attendeva da Giacosa. Giacosa l'aveva già mandata il 15: ma il 24 il ministro non l'aveva ancora ricevuta, né mai l'ebbe. La relazione era scomparsa. Nel farla scomparire, c'era stato indubbiamente un duplice movente: sapere esattamente quel che Giacosa aveva in mano, per adottare le necessarie contromisure; e irritare ancora di piú il Guardasigilli e i senatori nei riguardi di Giacosa e Mari, per quella relazione che non arrivava. E chi poteva avere interesse e mezzi per intercettare e far sparire quella relazione?

Giacosa si diede a riscriverla: ché non aveva conservato copia di quella scomparsa, forse perché chiesta come *riservata*, come *personalmente riservata* al ministro: e dunque da non lasciarne copia negli archivi. Si diede a riscriverla in uno stato d'animo diverso da quello con cui aveva scritto la prima «inspiegabilmente» sparita (avverbio che di solito si usa quando una chiarissima spiegazione c'è). Ora sapeva, sia pure sommariamente, quel che si era detto in Senato nella «tornata» del 24 marzo; e ne aveva visto gli effetti nella «delegazione speciale» al Sant'Elia di rappresentare il re alle funzioni religiose del venerdí santo. Era, dunque, lo stato d'animo di uno sconfitto; e di uno sconfitto che al di là della sua vede la sconfitta della legge, della giustizia, del «santo dogma dell'uguaglianza».

Con disperata lucidità riassume tutti i fatti, ne notomizza le ambivalenze e ambiguità, motiva e giustifica razionalmente le sue scelte, le sue decisioni. E particolarmente si adopera a dimostrare la credibilità del Mattania, poiché la principale accusa che gli si muoveva era appunto quella di avergli creduto. Nessuno gli rimproverava di aver creduto ad Angelo D'Angelo (al quale avevano poi creduto Corte d'Assise e Corte di Cassazione), che in quanto a estrazione, precedenti e condotta non era da meno del Mattania; tutti lo rimproveravano di aver creduto a costui, che sul D'Angelo aveva il vantaggio di aver dimostrato, in quel che era possibile dimostrare, la verità delle sue delazioni. E poi, non era stato Giacosa a scoprire la credibilità del Mattania: gli era stata garantita, nel fatto stesso che glielo mettevano a disposizione, dall'amministrazione, cioè dal direttore del carcere e dal questore, che se ne erano già serviti. E noi possiamo aggiungere che il direttore del carcere, da cui certamente partí la prima segnalazione sull'utilità del Mattania, era uomo, secondo Giovanni Raffaele, di ben altro carattere e di ben altre idee del questore Bolis.

Ma la garanzia dell'amministrazione non era stata

65

sufficiente a spegnere la diffidenza del procuratore nei riguardi del Mattania. Furono le relazioni a fugarla, anche se mai del tutto. «Non si poteva fare a meno di rimaner colpiti dalla natura di quelle relazioni, dalla varietà e importanza dei fatti riferiti, dalla grande verosimiglianza dei medesimi, dalla probabile autenticità delle fonti da cui partivano, dalla naturalezza dei dialoghi, dalla concatenazione degli avvenimenti, dal mirabile accordo che regnava tra di loro, dalla copia infinita di piccoli fatti, dalle minute confidenze che si riferivano a fatti che noi constatavamo veri e che non altrimenti avrebbero potuto essere venuti a cognizione del Mattania se non per confidenza avutane da chi poteva esserne bene informato; e insomma da quell'insieme di elementi che fa una profonda impressione sulla coscienza e che irresistibilmente convince prima ancora che la ragione possa analizzarne partitamente le cause». Questo mentre i rapporti del Mattania arrivavano dal carcere. Quando poi fu messo in libertà e cominciò a riferire dei suoi incontri, della sua ascesa dentro la setta, Giacosa e Mari ebbero la possibilità di controllare e analizzare i suoi rapporti. Limitata possibilità, e si potrebbe dire esterna: ma sufficiente per i due magistrati a stabilirne l'attendibilità.

A condizione di fidarsi della questura, un notevole controllo era dato dal pedinamento. Mattania era pedinato da agenti di pubblica sicurezza in borghese: e i loro rapporti venivano confrontati ai suoi. Pare di poter constatare che non sempre concordavano: il che, tutto sommato, conferisce credibilità alle concordanze, quando c'erano; e nel senso che ci porta ad eliminare il sospetto che il rapporto della spia e quello dell'agente che lo seguiva (o avrebbe dovuto seguirlo) nascessero assieme, nello stesso luogo: e dettati da una stessa persona.

Certo, il procuratore e il giudice istruttore della questura si fidavano: almeno relativamente a quei pedinamenti e a quelle indagini sui movimenti del Mattania e sulla identità e qualità delle persone che incontrava. E possiamo fidarcene anche noi per quel che riguarda il partito borbonico, considerando che tutte le energie del questore Bolis erano rivolte a intramare nel caso elementi del Partito d'Azione e a stravolgerne del tutto la natura politica col mettere il generale Corrao e il dottor Raffaele a quei vertici della cospirazione che, nell'opinione dei due magistrati, erano tenuti invece dai principi di Sant'Elia e Giardinelli. E con questo non si vuol negare che Corrao ed altri del «partito esagerato» complottassero. Complottavano; e con tutta probabilità, a livello della plebe cittadina, della camorra rionale e della mafia rurale, contavano dalla loro parte quegli elementi stessi che il partito borbonico contava dalla sua: il che può sempre accadere ai «partiti esagerati» in Sicilia e ovunque sia in corso una *sicilianizzazione*, e cioè una disgregazione sociale secondo l'antico e stabile modello siciliano.

Tra i risultati della sorveglianza, validi a stabilire la credibilità del Mattania, Giacosa particolarmente tiene a segnalare quelli di una sera imprecisata dopo il 3 marzo e della sera dell'8. «Il giorno 3 marzo, o meglio: la sera del 3 marzo, Mattania fu da Gaetano Pareti condotto e presentato per la prima volta al sacerdote Agnello, parroco dell'Albergheria. Da quel giorno in poi, sino a quello in cui scoppiò la cosa, Mattania andò tutti i giorni in casa di questo sacerdote Agnello, e generalmente la sera. Or bene, una di queste sere, il questore credette bene di far sorvegliare cautamente gli accessi di quella casa da un delegato, un brigadiere e una guardia, onde sapere se veramente il Mattania andasse in casa di don Agnello (*dunque la sorveglianza non era continua*). Ed eccoti che ad una data ora questi tre veggono arrivare canterellando il Mattania, avvicinarsi alla porta di casa del sacerdote Agnello e bussare. Veggono aprirsi la porta, introdurvisi il Mattania, rimaner nell'interno un venti minuti circa, poi uscirne e andare per la sua via. Nella relazione del giorno successivo, Mattania notava la sua visita al sacerdote Agnello, ne assegnava l'ora: e precisamente corrispondeva a quella verificata dagli agenti... Gli stessi agenti, dopo aver visto uscire il Mattania, obbedendo agli ordini superiori, continuarono a rimanere in osservazione intorno alla casa del sacerdote Agnello; e piú tardi videro sortirne nove sacerdoti, intabarrati e con le apparenze della inquietudine e del mistero». In quanto alla sera dell'8, il mistero è anche dalla parte della polizia: e nel fatto che gli agenti di guardia badarono soltanto al Mattania – entrato in arcivescovado alle diciannove e trenta, uscito alle venti e trenta – senza notare altri arrivi e altre dipartite: che a noi pare disattenzione volontaria, deliberata.

Altro fatto, che Giacosa adduce a prova della credibilità del Mattania, è questo: «Nella sua relazione n. 12, che contiene i fatti dei giorni 1 e 2 marzo, Mattania, che la mattina del 2 era stato da Ciprí presentato ad Antonino Pareti, racconta che la sera del due, in carrozza, in compagnia di due figli del Pareti, andò in casa di certo Arena. Che quivi venne a raggiungerli certo Bartolo Pagano. Che partirono tutti e cinque, armati di fucile. Passarono Villabate, proseguirono verso Misilmeri. Ad un certo punto della strada scesero ed entrarono in un sito alberato, dove trovarono sessanta e piú individui armati, ai quali Pagano e Gaetano Pareti tennero discorsi eccitanti, invitandoli il giorno 19 marzo (*il San Giuseppe del Ciprí*) ad accostarsi a Palermo... Questo fatto succedeva la notte del 2 marzo, e il giorno dopo, per il rapporto del Mattania, era a nostra cognizione. Ebbene, pochi giorni dopo arrivano i rapporti autentici delle autorità competenti (*carabinieri*), nei quali si dà notizia che nei dintorni di Misilmeri esiste una banda armata di cinquanta e piú individui comandata da certo Oliveri». Ed è da notare qui, a proposito di quel «certo Arena», che il Mattania descriveva come «uomo di smisurata grandezza», un particolare che dice delle difficoltà che Giacosa incontrava nelle sue indagini. Alla prima richiesta di accertamenti, si era risposto, da parte della polizia, che l'incontro di cui raccontava il Mattania era impossibile, trovandosi questo Vincenzo Arena «di smisurata grandezza» in prigione da sei mesi. Ma insistendo il procuratore o che l'Arena avesse mezzo di uscire di notte dal carcere per rientrarvi al mattino («cosa non impossibile, in questi paesi dove la corruzione e la camorra regnano sovrane nelle carceri») o che Mattania avesse incontrato il fratello di questi, Nicolò, ecco venir fuori che Vincenzo non stava in carcere. Ed anche questo fatto, crediamo, sarà valso a confermare la fiducia di Giacosa nella «giovane spia» (e poiché piú volte parla della giovinezza del Mattania, ecco altro elemento a favore dell'ipotesi che il Matracia di Giovanni Raffaele sia altra persona).

A perquisizioni avvenute, ad arresti effettuati, si aggiunsero poi altri elementi, a comprovare – sempre parzialmente, mancando confessione o testimonianza su quel che asseriva gli imputati avessero detto – la veridicità dei rapporti del Mattania. «A parte – scrive Guido Giacosa – parecchie contraddizioni in cui caddero taluni, che erano poi i piú accorti degli accusati: monsignor Calcara, i sacerdoti Patti e Agnello; contraddizioni inescusabili, riferentesi a fatti prossimi e comuni affermati dall'uno, recisamente negati dall'altro; a parte certe piccole particolarità già notate nei relativi verbali, come per esempio il fatto che il signor Antonino Pareti, interrogato se conosca il Mattania, si fa il segno della croce prima di rispondere; o quello, anche piú significativo, di una piastra data da Gaetano Pareti a Francesco Ciprí la mattina stessa del comune arresto: negato dal primo, ammesso dal secondo; a parte queste minute particolarità, la cui importanza è però grave, noi siamo già riusciti a stabilire i seguenti fatti. 1°) Mattania, uscito dal carcere, si recò dalla moglie di Gaetano Castelli, le parlò del marito. Ritornò piú volte da lei e le lasciò del denaro. La moglie e la madre del Castelli, interrogate su questi fatti, li negarono assolutamente, invocando i nomi di Dio e della Vergine. Noi però sapevamo da Mattania che una donna, vicina di casa del

Castelli, lo aveva visto ed era anzi stata alcune volte incaricata da lui di dare del denaro alla Castelli. Mandiamo a prendere la donna indicataci dal Mattania, e questa ci conferma esattamente i fatti. Facciamo entrare la moglie di Castelli, la poniamo in confronto alla nuova teste: ed ecco che quella diventa pallida, si smarrisce, prorompe in dirottissimo pianto. E ammette di conoscere il Mattania, ammette che questi venne diverse volte alla sua casa, ammette che le diede un po' di denaro; e racconta il primo colloquio avuto col Mattania nei termini medesimi da questi raccontato, come risulta dal confronto dei documenti annessi alla presente. 2°) Mattania andò a trovare il Ciprí, gli parlò di Castelli, tornò piú volte a casa sua, gli rese qualche servizio, andò con lui alcune volte in bettola. E questo lo ammette lo stesso Ciprí, il solo degli accusati a dichiarare – forse per accordo tra loro preso nel carcere di Castellammare, quando furono messi insieme – di conoscere il Mattania e di avere avuto limitate relazioni con lui. 3°) Che Mattania si fosse introdotto in casa di don Agnello e di monsignor Calcara, eravamo certi; però volevamo una dimostrazione maggiore. Ci siamo perciò recati da Mattania e con apposito verbale abbiamo voluto da lui la descrizione delle case del sacerdote Agnello e di monsignor Calcara: limitata, si capisce, agli ambienti in cui era stato introdotto. Egli ce la diede minutamente. Della casa del sacerdote Agnello descrisse la scala, il piano sotto lo scoperto, un ciabattino che vi lavora, le due donne di servizio: una vecchia e una giovane, la porta, la sala, la finestra graticolata, il tavolo appoggiato alla parete, il seggiolone, il divano, le sedie. Di quella di monsignor Calcara descrisse il gabinetto di entrata, la camera semibuia a mano sinistra rischiarata da una sola finestrella, la terza sala, lo scrittoio a mezzo della parete, i mobili laterali, la scansia, i seggioloni, la finestra, i quadri; e insomma tutto. E noi, accompagnati da un architetto, siamo andati a fare una ispezione locale... Tutto quello che Mattania ci descrisse è assolutamente esatto! Dunque è vero che entrò in quelle camere e vi stette un tempo sufficiente a stamparsi nella memoria la posizione e la forma delle porte e delle finestre e a fare, per cosí dire, un mentale inventario dei mobili. Ma perché i sacerdoti Agnello e Calcara negano? Perché le loro persone di servizio sostengono che nessuno, mai, è entrato nella casa dei loro padroni? Il fatto materiale, indiscutibilmente provato, che Mattania è entrato in quelle case, conferisce dunque verità al racconto che egli fa di ciò che si disse e si fece nell'interno di esse: considerando che se si fosse detta e fatta cosa onesta e confessabile, questi accorti sacerdoti non avrebbero mancato di dirlo».

Ma in un secondo interrogatorio monsignor Calcara si trovò costretto ad ammettere le visite del Mattania. «Quattro o cinque giorni prima del mio arresto, uno sconosciuto si presentò a casa mia nelle ore pomeridiane. Io non ero in casa, ed egli chiese alla mia fantesca il permesso di poter entrare per scrivermi, come infatti mi scrisse, un biglietto che lasciò. Uscendo, disse che sarebbe tornato la sera stessa alle otto. Quando rientrai in casa, mia sorella mi parlò di questo sconosciuto e mi mostrò il biglietto; ma io, credendo si trattasse di una delle solite richieste di elemosina, non mi curai di leggerlo e lo gettai sul tavolo, tra le carte inutili. La sera, lo sconosciuto tornò (*e qui lo descrive, ne fa il nome – Orazio – e dice di aver dimenticato il cognome*) e mi parlò di Pasquale Masotto, che si diceva mio figlioccio (*non dice se bugiardamente o meno*), pregandomi di interessarmi in suo favore e di somministrargli un sussidio mensile. Io gli risposi che non mi obbligavo mai a nessun sussidio, che facevo elemosina a chi e quando mi piacesse, che il delitto del Masotto era stato enorme e che al piú avrei cercato se v'era modo di soccorrere i suoi figlioli. Allora lo sconosciuto se ne andò borbottando a mezza bocca la parola *governo*. Sono certo che quel biglietto si troverà ancora in casa mia e incaricherò mio nipote di farne ricerca e di presentarlo alla giustizia».

A questo punto il procuratore commise, tecnicamente parlando, un errore: non ordinò una immediata perquisizione in casa di monsignor Calcara. Forse perché aveva già avuto abbastanza guai per la prima; o forse perché, assistendovi, aveva visto che era stata fatta con tanta accuratezza che, se davvero ci fosse stato, il biglietto non sarebbe sfuggito. Ma a volte gli errori dànno quel frutto che l'esatto procedere non dà.

Non si aspettava, stante l'assicurazione del Mattania di non averlo scritto, che davvero gli portassero quel biglietto. Ma due giorni dopo ecco presentarglisi il signor Francesco Calcara, nipote di monsignore, con la notizia che nel «paniere delle carte inutili» aveva trovato quell'utilissimo, a provare il mendacio del Mattania, biglietto: e lo aveva depositato presso il notaro Albertini. Due ore dopo, il procuratore aveva il biglietto sotto gli occhi. Ne ebbe, crediamo, un momento di smarrimento, di panico: «la scrittura era affatto identica a quella del Mattania, da non potersi dubitare fosse stato scritto da lui; specialmente la firma, era di una identità spaventosa». Chiamato Mattania a dare spiegazioni, e poi messo a confronto con monsignor Calcara, con tale accento di verità sostenne di non avere mai scritto quel biglietto che il procuratore altro mezzo non aveva – ufficialmente per accertare la verità tra i due, intimamente per continuare a credere con serena coscienza al suo informatore – che ordinare una perizia. Per elementare precauzione, delegò l'incarico alla sezione accusa della Corte d'Appello di Milano; e nel giro di pochi giorni seppe dal giudice istruttore Belmondo che i periti facilmente avevano scoperto che il biglietto era falso: «e questa falsità si induceva non da argomenti di mera opinione o di mero apprezzamento, ma da argomenti di ordine fisico, poiché si riconobbe l'esistenza di una filettazione finissima, con inchiostro diverso, sulla quale poi erasi calcata la scrittura appariscente».

Il risultato della perizia segnava il trionfo di Mattania. Stavano infatti provvedendo a rimetterlo in carcere: il governo, la polizia, il questore Bolis. In un carcere abbastanza lontano. In quello di Genova.

Dal procuratore Giacosa e dal giudice istruttore Mari tutti – governo, senato, camera dei deputati, magistrati di grado superiore al loro, giornali – volevano sapere per quale ragione un uomo come il Sant'Elia, che aveva «salutato» l'unità nazionale, e accompagnato il saluto con un po' di denaro, si sarebbe in un breve volger di tempo convertito alla causa della restaurazione borbonica. Lo chiedevano a loro. A loro che avrebbero voluto chiederlo al Sant'Elia; e non potevano.

Non conoscendo il principe di Sant'Elia ma un po' conoscendo la storia del Regno delle Due Sicilie, Giacosa rispondeva che «le storie non sono avare, anche al presente, di esempi simili; e specialmente la storia di Napoli e Sicilia, che a cominciare dall'epoca normanna in poi nella sveva, angioina, aragonese e spagnola, non fu che una sequela continua di cospirazioni baronali per scacciare il nuovo signore e rimettere l'antico, e ripigliar da capo a congiurare contro l'antico per rimettervi il nuovo. E con questa serie di tradizioni cospiratorie, recherà tanta meraviglia che un ricco patrizio cospiri senza un perché ragionevolmente spiegabile?» E a sua volta, a chi gli domandava di trovare un movente all'azione di cui accusava il Sant'Elia, domandava: «I fatti cessano forse dall'esser fatti sol perché non se ne sa assegnare una ragione plausibile? E perché nessuno sa comprendere qual motivo avesse il principe di Sant'Elia per cospirare, si dovrà a priori negare che cospirasse e negare i fatti piú gravi che lo colpiscono? Il motivo! E chi ha mai saputo penetrare nel cuore umano! E quanto spesso non si vedono uomini commettere opere inesplicabili!»

Anche tra coloro che erano stati assoldati per pugnalare, abbiamo visto, era corsa la stessa domanda:

perché il principe di Sant'Elia si metteva a cospirare contro un governo che non gli era avaro di cariche e di onori? E la risposta che si erano dati, che Castelli si dava parlando col Mattania, non era diversa di quella che se ne dava il procuratore Giacosa. Era una risposta, diciamo, di specie storica e, si direbbe oggi, sociologica. «Quelli che sanno leggere e scrivere ed hanno denaro – diceva Castelli – non sono mai contenti, cospirano sempre per guadagnare da tutti; e noi che siamo poveri esponiamo la vita e dobbiamo soccombere, ché non li accuseremo mai, non siamo infami come D'Angelo, ci faremo mandare a morte senza dire una parola, poiché cosí le nostre famiglie continueranno ad essere soccorse... Questi signori vogliono fare come nel quarantotto. Forse perché non hanno avuto grandi cariche da Vittorio Emanuele, prendono denaro da Francesco II e vogliono fare succedere la rivoluzione. E il loro denaro li protegge sempre».

C'erano anche altre ragioni d'ordine generale e che ci avvicinano a capire quelle particolari, personali, del Sant'Elia. Per queste ragioni, a dispiegarle, il richiamo di Castelli al 1848 è assolutamente pertinente: e si vedano le ritrattazioni, le giustificazioni, le richieste di perdono, le profferte di eterna devozione alla dinastia dei Borboni che quasi tutti i nobili siciliani indirizzarono a quel re Ferdinando di cui nel parlamento «rivoluzionario» – da pari, da deputati – avevano entusiasticamente proclamato la decadenza. Documenti a dir poco vergognosi, e per tutta una classe; di una viltà che attinge al comico piú grossolano. Leggendoli, è facile immaginare come la stessa classe, le stesse persone, fossero dopo quattordici anni disponibili a risalutare la restaurazione borbonica, a chieder perdono a Francesco II dei loro brevi errori («vaghi errori» come quelli dei fiori che scendono su Laura nella canzone *Chiare, fresche e dolci acque*) garibaldini e savoiardi. In quel 1862, le condizioni della Sicilia dovevano apparir loro in tutto uguali a quelle del 1849: tali cioè che sarebbe bastato lo sbarco di qualche reggimento borbonico in un qualsiasi punto della costa a far sí che tutta la Sicilia violentemente insorgesse contro i piemontesi. Nel popolo, nella piccola «burgisia» agraria (ogni volta che per le cose siciliane si deve parlare di borghesia è opportuno o lasciare la parola in dialetto o farla seguire da un aggettivo; per esempio: borghesia mafiosa), la delusione era grande: le tasse; la leva militare obbligatoria alla quale gli abbienti sfuggivano pagando e i poveri dovevano sottostare da tre a sette anni; l'esproprio dei beni ecclesiastici che andava a tutto vantaggio della grande «burgisia» fondiaria, tanto piú rapace e dura dell'aristocrazia feudataria. C'era poi, gravissimo, il problema dell'ordine pubblico: e pare ci fosse davvero differenza tra come, dal '48 al '60, Maniscalco aveva diretto la polizia e le incertezze, gli avventati rigori e le non meno avventate debolezze, gli sciocchi machiavellismi con cui la dirigevano i questori sabaudi. Al modo del Bolis «prelodato», per dirla col linguaggio del *Giornale Officiale*. Insomma, la restaurazione borbonica doveva sembrare non solo possibile, ma sicura e vicina. Comitati borbonici si costituivano spontaneamente – e, si capisce, segretamente – in ogni parte dell'isola: e crediamo se ne meravigliassero lo stesso Francesco e il suo fedele ministro Ulloa, che sulla devozione dei siciliani non contavano per nulla.

Era il momento, per i siciliani che avessero fiuto, di preparare i loro titoli di fedeltà a Francesco II: ma cautamente, ma accortamente; e insomma facendo quel doppio gioco che abbiamo visto andar bene, tra fascismo e antifascismo, giusto ottant'anni dopo. E di fiuto la classe aristocratica ne aveva, e affinato da secoli.

Si dirà che se il principe di Sant'Elia questo gioco doppio lo fece, non mostrò di essere cauto, di essere accorto: se arrivò a dar totale confidenza e fiducia a una spia e – sbaglio anche piú grave – ad esporsi come capo agli occhi di quel bracciantato criminale di cui eran parte Castelli, Masotto, Calí; e Angelo D'Angelo. Ma questo suo agire apparentemente incauto e persino sciocco, possiamo anche considerarlo come supremamente accorto; come un vertice, una sublimità, un'apoteosi del doppio gioco. Appunto nel condurlo scopertamente, tanto scopertamente da farlo apparire incredibile. Come di fatto apparve. È poi possibile che tanto azzardo fosse dal Sant'Elia valutato come necessario: secondo le sue ambizioni e secondo la situazione del momento. Nella sollevazione che si credeva imminente del popolo siciliano, nella conseguente restaurazione borbonica, egli teneva forse ad apparire come il primo e piú alto artefice del mutamento: subito, inequivocabilmente, per acclamazione popolare prima che per riconoscimento di Francesco II (che peraltro sarebbe tornato come re costituzionale).

78

In effetti, quel che aveva avuto dai Savoia s'apparteneva, nel senso del potere, alle apparenze: solenni, grandiose; ma apparenze. Senatore del Regno per censo; rappresentante del re ai tedeum e nelle processioni. Il potere reale era in altre mani. Tanto vero, questo, che nessuno fermò Giacosa prima della perquisizione; nessuno gli diede, né esplicitamente né velatamente, avvertimento di cautela, di riguardo. In data 13 febbraio Giacosa aveva scritto al ministero di Grazia e Giustizia della sua intenzione di andare avanti nelle indagini contro i principi di Sant'Elia e Giardinelli, e prospettando le difficoltà – che spettava al ministro di rimuovere – relative alla qualità di senatore del Sant'Elia. Il Guardasigilli non aveva reagito né di meraviglia né di dolore. Si riservava di farlo in Senato il 24 marzo: intanto, tacendo, lasciava che i due magistrati credessero al suo consenso, al suo adoperarsi a rimuovere le difficoltà. Ed è possibile il silenzio del ministro fosse dovuto a incuria, a disattenzione; ma è anche possibile si volesse fare andare avanti la cosa fino a gettare sul Sant'Elia un certo discredito. E non oltre. Disattenzione o calcolo, è comunque certo che per un mese nessuno si mosse in favore del Sant'Elia: né dal ministero di Grazia e Giustizia né da quello dell'Interno. Contro un uomo che fosse stato effettualmente potente, o non ci sarebbe stata disattenzione o il calcolo sarebbe stato realizzato fino a distruggerlo.

Sant'Elia era stato eletto deputato del collegio di Terranova (la Gela di cui era duca) nel 1861: di destra, naturalmente. Era poi stato nominato senatore. Di maneggio politico non aveva che la massoneria:

una loggia – di destra, naturalmente – che ci par di capire gestisse come in proprio, e non si capisce bene quel che da certe altre logge siciliane la dividesse e quel che a certe altre l'avvicinasse. E può darsi venisse da rivalità massoniche l'intenzione, a livello ministeriale, di discreditarlo fino a un certo punto.

Insomma, una certa delusione per quel che aveva avuto dal governo sabaudo poteva anche sentirla; e conseguentemente nutrire la certezza di poter avere di piú dal Borbone. E non sarebbe stato il solo: deputati siciliani al parlamento nazionale, avvicinati da un agente borbonico (che però era agente del governo di Vittorio Emanuele) con proposte di restaurazione, avevano mostrato inclinazione ad accettarle o almeno a non respingerle. Ed erano uomini i cui nomi, come di artefici del Risorgimento, leggiamo oggi nelle lapidi celebrative.

Con quel che avevano in mano, Giacosa e Mari non erano in grado di costruire contro il principe di Sant'Elia un'accusa tanto solida da resistere al processo dibattimentale, di fronte ad avvocati difensori che non sarebbero stati quelli dei poveri o quelli d'ufficio. Speravano però di riuscire a costruirla: con la pazienza, l'acume, il coraggio che ci volevano e che avevano. Intanto, chiedevano di poter trattare il principe come un qualsiasi altro cittadino indiziato di un cosí grave reato; come quegli altri che erano già in carcere. «Scindere questo processo – scrive Guido Giacosa – non si può. Conservar ciò che si riferisce agli altri, eliminare ciò che si riferisce al Sant'Elia, è impossibile. Accusare, giudicare, forse condannare gli uni, mentre l'altro, confuso nelle stesse prove, menzionato negli stessi documenti, oppresso dagli stessi argomenti, se ne va libero, onorato, potente, sarebbe tale un fatto che pregiudicherebbe in un modo troppo pernicioso ogni sentimento di giustizia e screditerebbe la magistratura e le patrie istituzioni... Non v'è magistrato, che abbia la coscienza e la dignità del suo ufficio, che possa sostenere l'accusa contro gli imputati tutti, ove il massimo imputato, ed evidentemente il più reo, sfugga ad ogni sanzione penale». Ma già sapeva – e lo scriveva nella relazione destinata al Guardasigilli – «che alla prima cospirazione tendente a gettare il paese nella insurrezione e nell'anarchia, ora si è sostituita una seconda che ha per iscopo di eliminare ad ogni costo tutto ciò che potrebbe condurre allo scoprimento della prima; e la sparizione del primo rapporto da me compilato, sparizione che non si può credere casuale, ne è una prova luminosa». E se la prima cospirazione era stata sventata, impossibile era sconfiggere la seconda. Diceva: «Noi non disperiamo». Ma era già disperato.

L'ultimo documento del dossier che, per privata e familiare memoria, aveva messo assieme, è una seconda lettera a quel magistrato, di grado più alto del suo, da cui sperava (aveva sperato) solidarietà. «Le dirò che sono stanco, angosciato, sfinito da non poter più reggere. Le fatiche fisiche e le preoccupazioni morali cagionatemi da questo processo son tali e tante che, se non fosse per il benefizio di una ferrea salute, avrei già dovuto ritirarmi... Ma ormai non posso più reggere». E dice di aver chiesto un congedo

81

– «che mi è indispensabile per recuperare in seno alla mia famiglia quella forza e quella serenità di cui ho tanto bisogno» – e il trasferimento. «Ove non fosse, preferirei l'aspettativa, preferirei la dimissione, preferirei tutto al rimanere piú oltre in Sicilia».

Credeva di dovere la sua sconfitta, la sconfitta della legge, la sconfitta della giustizia, alla Sicilia: alle «abitudini, le tradizioni, l'indole, lo spirito di questo disgraziato paese, assai piú ammalato di quanto si presuma». La doveva invece all'Italia.

Il 3 febbraio 1862, da Genova, un informatore del governo italiano, che agiva negli ambienti borbonici di Roma, inviava a Celestino Bianchi, direttore generale del ministero dell'Interno, un lungo rapporto sull'attività di un Comitato che, presieduto dal ministro Ulloa, doveva, per volontà di Francesco II, per la Sicilia «disporre e dirigere tutte le operazioni, in vista anche della favorevole predisposizione che si era addimostrata con gli ultimi fatti accaduti a Castellammare (*una rivolta popolare effimera ma sanguinosa*) e in qualche altro punto dell'Isola». Membri del Comitato erano il principe della Scaletta, il principe di Sant'Antimo, il conte di Capaci, il principe di Campofranco, il barone Malvica, Emmanuele Raeli, l'arciprete Giuseppe Carnemolla, l'avvocato Giuseppe Grasso: i primi due residenti a Napoli, gli altri, fino a quel momento, a Roma. Come consulenti, facevano parte del Comitato l'ambasciatore di Spagna e il generale Girolamo Ulloa, fratello del ministro. Tra i membri del Comitato era l'informatore della polizia italiana: Emmanuele Raeli, siciliano di Noto, fratello di un deputato al parlamento italiano[6]. A lui il Comitato aveva confidato una missione da svolgere a Marsiglia (dove risiedeva l'ex capo della polizia in Sicilia, Salvatore Maniscalco), Genova e Torino. E ci piacerebbe seguire questo personaggio nello svolgimento della sua doppia missione, nella sua doppia vigilanza, nella sua doppia paura[7]; ma piú ci interes-

[6] Oltre che di prima mano, per il far parte di quel Comitato che, presieduto da Ulloa, surrogava il ministero per gli affari di Sicilia, le informazioni di Raeli erano scrupolosamente documentate: al primo rapporto univa infatti le istruzioni firmate da Ulloa, le lettere di cui era latore, il cifrario; agli altri, le lettere che da Roma riceveva. Bisogna però dire che alle dichiarazioni che la sua vita era dedita al servizio del re d'Italia non corrispondeva il disinteresse in fatto di denaro. Ne aveva bisogno, ne chiedeva, ne sollecitava. È facile immaginarlo come uno di quei cadetti di famiglia quasi nobile e abbiente che vivevano di un avaro assegno legato loro dal padre o concesso dal fratello maggiore; un assegno che anche per rancore e disprezzo subito spendevano, oltre che per temperamento, caricandosi poi di debiti per tutto un anno. Senza arte né parte, come si suol dire: a meno che non scegliessero la carriera delle armi o quella ecclesiastica. Esemplare personaggio, di tale condizione, è Michele Palmieri di Miccichè, cui la fortuna di avere incontrato Stendhal l'ha portato ad essere minuziosamente biografato e psicanalizzato (si vedano i saggi di Pierre Martino, Dominique Fernandez, Massimo Colesanti, Claude Ambroise; e il grosso libro di Nicola Cinnella, *Michele Palmieri di Miccichè*, quest'anno pubblicato da Sellerio, Palermo). Solo che Palmieri scrisse due libri di vivacissime memorie e mai, crediamo, si sarebbe ridotto a scrivere rapporti per la polizia: per un'idea dell'onore cui sempre cercò di essere fedele, anche se non sempre integralmente riuscendovi.

[7] Di paura Raeli ne aveva tanta, anche perché a Roma aveva lasciato sua moglie (e gli «amici» di Roma gliene parlano spesso, nelle lettere: quasi fosse un ostaggio). «Rifletta – scrive a Celestino Bianchi – che in Roma si ha da fare con preti e con uomini assai invecchiati nel sospetto e nella malizia». Raccomandazione che possiamo oggi devolvere a qualche uomo politico nostro amico.

sa quell'altro membro del Comitato inviato in Sicilia: don Giuseppe Carnemolla, arciprete di Scicli. «Il Carnemolla – riferisce Raeli a Celestino Bianchi – fu scelto per la Sicilia perché essendo del partito liberale ultra, ma fiero autonomista, e trovandosi a Roma per i suoi affari privati prima degli avvenimenti politici accaduti (*cioè prima degli avvenimenti del '60*), la sua gita in Sicilia non dava sospetti. Ed a tal uopo si fa marcare che detto Carnemolla, per le immense conoscenze che aveva in Roma con alcuni del partito italiano (i quali ignorano la sua missione e la sua conversione al partito di re Francesco), ottenne per mezzo degli stessi una lettera ufficiale del console italiano a Roma, onde essere garantito e non molestato in Napoli e Palermo durante il suo viaggio. Detta lettera porta la data del 14 gennaio, e il giorno 16 Carnemolla partí per Napoli e da lí per Palermo».

Dalla relazione del Raeli e dalle istruzioni di Ulloa che in originale Raeli mandava a Celestino Bianchi, si vede che l'incarico conferito al Carnemolla comportava una parte generica, da assolvere discrezionalmente e plenipotenziariamente (gli si affidavano «alquante lettere a firma di Sua Eccellenza Ulloa, ma senza direzione, per avvalersene alle circostanze»; gli si dava facoltà di «adescare con l'oro o con promessa d'impieghi i capi-squadra del 1848», di «stabilire dei *Clubs* e dei Comitati tanto in Palermo che altrove», di chiamare in Palermo dalle province quelle persone, a lui note come fedeli alla causa, della cui opera poteva aver bisogno), e una parte da assolvere secondo precise direttive del Comitato. E tra queste, primamente, era quella di un incontro col principe di

Sant'Elia. Riferisce il Raeli: «Carnemolla sin da Roma aveva aperto delle pratiche in Sicilia con un certo avvocato (che non rammento il cognome) di lui congiunto, e che questo tale è l'anima movente del principe Sant'Elia di Palermo, il quale (*l'avvocato*) gli aveva fatto sperare che detto principe era facile acquistarsi; in effetti tra le carte ufficiali portava pure, detto Carnemolla, un decreto di re Francesco che dava il Cordone di San Gennaro al principe, nominandolo pure Gentiluomo di Camera».

Il Carnemolla partí per Napoli il 16 gennaio. Si può presumere vi sia rimasto per qualche giorno, poiché le carte che dovevano servirgli a Palermo gli sarebbero state consegnate da un diplomatico russo. Raeli seppe che le aveva avute; ma non seppe se, come stabilito dal Comitato, le aveva poi passate all'inglese John Bishop, che gliele avrebbe riconsegnate a Palermo. Ricevette, Raeli, a Genova, la lettera di un amico che lamentava il silenzio del Carnemolla e avanzava vivace sospetto sulla sua condotta. Ma l'amico, sulla cui identità tace, Raeli spiega a Bianchi che non faceva parte del Comitato. E poi, la lettera è datata 8 febbraio. Evidentemente, con troppa impazienza si attendevano notizie dalla Sicilia: se consideriamo che il Carnemolla non poteva arrivare a Palermo prima del venti e doveva poi con precauzione ritirare le carte dal Bishop e con precauzione muoversi ad incontrare prima i benedettini di Monreale, ai quali secondo le prescrizioni di Ulloa doveva far capo, e poi gli altri; ed è pure da considerare il ritardo postale, che può apparire oggi irrisorio se una lettera da Roma a Genova impiegava appena dodici giorni: ma Raeli se ne lamenta come di un incredibile disservizio («nemmeno se avesse dovuto andare a Nuovajork»). Comunque, non possiamo esser certi che Carnemolla abbia incontrato il principe di Sant'Elia e che gli abbia consegnato i decreti relativi al Cordone di San Gennaro e alla nomina a Gentiluomo di Camera[8]. Cosí come non possiamo esser certi che

[8] A nostra opinione il Carnemolla assolse – almeno in principio – la missione che il Comitato gli aveva affidato. Lasciando cadere il problema, peraltro insolubile, della sua conversione al borbonismo (benché ammissibile che un «fiero autonomista» potesse, in quel momento che le speranze autonomiste toccavano il punto piú basso, per risentimento andare a finire nel partito borbonico come il piú avverso all'idea unitaria), la ragione per cui crediamo non abbia tradito è questa. Come esattamente riferisce Raeli, egli si era trovato a Roma, mentre Garibaldi conquistava la Sicilia, per affari privati: che consistevano nel fatto che nominato arciprete di Scicli nel 1845 (secondo altro cronista sciclitano nel 1846), era stato deposto nel 1859. Poiché aveva impugnato il provvedimento di destituzione, e a decidere sarebbe stata la Santa Sede, se ne era andato a Roma per da vicino seguire la sorte del suo ricorso: e tornava a Scicli, dopo piú di un anno, che la decisione era stata presa in favore suo. E vien facile il sospetto che quella decisione (propriamente di favore, se il cronista di Scicli, che essendo canonico se ne intendeva, dice che la sua nomina ad arciprete era stata un abuso del vescovo di Siracusa) l'avesse ottenuta a premio della sua conversione politica. Non gli sarebbe stato di convenienza, dunque, alienarsi subito quelle amicizie e protezioni tanto faticosamente acquistate nel lungo soggiorno romano. Un suo tradimento – un tradimento che avrebbe colpito tanti ecclesiastici, e persino un cardinale – sarebbe stato immediatamente punito. Una sua inazione avrebbe deluso: e non avrebbe avuto, da arciprete, in mezzo a un clero riottoso e borbonico, sotto una gerarchia integralmente legittimista e reazionaria, vita facile; come invece l'ebbe fino a settantasei anni. (Sulla sua tomba si legge: «Qui sono le spoglie mortali del preposto Giuseppe Carnemolla. Per acume d'ingegno e copia di dottrina rifulse non meno nelle canoniche che nelle civili discipline. Seguace dell'Angelo d'Aquino dalla Cattedra e dall'Altare illustrò il Sacro Ministero lasciando di sé durevole ricordan-

D'Angelo abbia detto la verità; che la verità abbia detto Mattania; che fossero fondate su fatti a conoscenza di pochi e propalati tra i molti le voci, che già a Palermo correvano al momento delle pugnalazioni, «che nonostante le fallaci apparenze il principe di Sant'Elia fosse in realtà un borbonico pericoloso» (un «sommesso sussurro», dice Giacosa: ed evitò di raccoglierlo fin oltre il processo ai dodici, non sapendo che a Palermo qualcosa di vero soltanto si può ap-

za»: e tant'è che le lapidi dei cimiteri a volte dicono il vero, considerando che noi stiamo interessandoci alla sua vita). C'è da aggiungere che, dopo il suo presumibile passaggio da Palermo, un notevole movimento filoborbonico si sviluppa presso i benedettini di Monreale: probabilmente per le esortazioni del cardinale D'Andrea, di cui il Carnemolla era latore.

Ma poiché tutto in questa vicenda ha due facce (e anche piú di due), ci chiediamo: se il Carnemolla svolse – almeno in un primo tempo – la sua missione, come mai il ministero dell'Interno e la polizia non tennero in alcun conto il rapporto del Raeli e lasciarono che tranquillamente la svolgesse? La risposta – e sarebbe la chiave di volta di tutta la vicenda, l'elemento che risolutamente la spiegherebbe – potrebbe esser questa: l'apparato dello stato italiano era talmente permeato di borbonismo, di borbonismo di fatto anche se non di nome, che per simpatia, per affinità, si lasciava correre quello di nome. E che questa risposta non sia gratuita o di senno del poi, lo prova tra l'altro quel che Michele Amari scriveva da Torino a Ubaldino Peruzzi il 20 gennaio 1863: «Da una settimana ricevo di Sicilia lettere *gravissime*. Né le scrivono autonomisti, rossi, pessimisti; né uomini leggieri... Ebbene, i borbonici e i clericali imbaldanziscono, protetti *di fatto* dal Governo nostro. I sindaci e gli uomini influenti delle facinorose popolazioni delle montagne che fan cerchio a Palermo, sono masnadieri borbonici. I reggitori succedutisi troppo rapidamente, e tutti delle provincie subalpine, con le loro idee di Governo antico e stabile han fatto all'amore coi borbonici...» Il senno del poi ci serve, se mai, a non meravigliarcene: abbiamo visto *di fatto* il governo della Repubblica Italiana nata dall'antifascismo proteggere il fascismo, i suoi «reggitori» fare all'amore coi fascisti.

prendere per «sommessi sussurri»); che Giovanni Raffaele volesse alludere all'associazione patriottica presieduta dal Sant'Elia, quando di tale associazione parla come di quella che, in combutta con elementi della polizia, aveva escogitato e comandato le pugnalazioni. Non possiamo esser certi di troppe cose: ma tutte, da parti diverse, rivolte contro una sola persona.

Di una cosa però possiamo essere certi: che il rapporto di Emmanuele Raeli, consegnato a Celestino Bianchi, direttore generale del ministero dell'Interno, dal deputato Bruno, seguí un normalissimo iter burocratico: fino ad arrivare al presidente del consiglio dei ministri, tra le cui carte circa un secolo dopo è stato trovato. Tra i ministri, i senatori e i deputati che mostravano dolore e indignazione per quel che era capitato al Sant'Elia, almeno tre, dunque, sapevano del rapporto per visione diretta; e almeno trenta per confidenza avutane da quei tre.

Alla Camera dei deputati, il 17 aprile 1863, si discusse l'interpellanza del siciliano Luigi La Porta. Disse il La Porta: «Fra i perquisiti della notte stessa in cui si procedette agli arresti di tutti quelli che sono in oggi detenuti vi era il principe di Sant'Elia, senatore del Regno. La perquisizione fu fatta con lo stesso procedimento che per gli altri. Il principe di Sant'Elia non fu però arrestato; e mentre gli altri subivano il processo (*il processo istruttorio*), il principe fu veduto, nella settimana che precedette la Pasqua, rappresentare, come altra volta aveva fatto, il re d'Italia in Palermo. Ora l'opinione pubblica ragiona in questo modo: se per il principe di Sant'Elia il potere giudiziario ha preso uno sbaglio, l'ha preso anche per tutti gli altri... Io desidero il compimento di questo processo».

C'è da presumere, molto fondatamente, che l'opinione pubblica – almeno a Palermo – facesse un ragionamento esattamente opposto a quello che l'onorevole La Porta le attribuiva (ma sempre, si capisce, in «sommessi sussurri»). E cioè: colpevole il principe, colpevoli «tutti gli altri»; e che le cose andavano per come erano sempre andate, per come non potevano non andare: il principe libero e onorato, in carcere «tutti gli altri». Comunque, il desiderio che il processo si compisse in istruttoria e passasse all'Assise, non era soltanto del deputato La Porta: era principalmente di Giacosa e Mari. Ma appunto quel che si disse quel giorno alla Camera crediamo abbia spento definitivamente le loro speranze. L'ineffabile ministro Pisanelli, che formalmente li difese dagli attacchi di Crispi (attacchi rivolti al modo come l'istruttoria era stata condotta e al fatto che vi erano state coinvolte persone della cui innocenza si rendeva garante: e non pare mettesse tra queste il Sant'Elia), già stava pensando a «traslocarli»: ché allora il ministro della Giustizia poteva. E Mari avrebbe accettato il «trasloco», Giacosa sarebbe tornato in Piemonte e alla libera professione di avvocato che tre anni prima aveva lasciato [9].

[9] Nei giorni 28 e 29 maggio 1863 si riuniva la sezione d'accusa presso la Corte d'Appello, per sentire il rapporto di Giacosa «sugli avvenimenti ed arresti succeduti in marzo ultimo» e decidere

Ad un certo punto del suo intervento sull'interpellanza La Porta, Francesco Crispi aveva detto: «Penso che il mistero continuerà e che giammai conosceremo le cose come veramente sono avvenute».

Si preparava cosí a governare l'Italia.

se rinviare o meno a giudizio dell'Assise gli imputati. I cinque membri ordinarono il rinvio di Russo e Daddi e decisero non doversi procedere contro tutti gli altri «per mancanza d'indizii sufficienti di reità». La sera stessa del 29, col vapore italiano *Campidoglio*, Giacosa lasciava Palermo.

Nota dell'autore

L'anno scorso, dopo la pubblicazione su La Stampa *della* Scomparsa di Majorana, *Lorenzo Mondo mi mandò uno scritto di Nina Ruffini pubblicato in una miscellanea di studi su figure e fatti piemontesi:* Un magistrato piemontese in Sicilia: 1862-1863. *Me lo mandò con intenzione: che io vi trovassi sollecitazione a una ricerca, a una ricostruzione; e insomma a scrivere una storia come quella della* Scomparsa di Majorana. *Una storia la cui prima e giusta destinazione sarebbe stata la pubblicazione a puntate su* La Stampa, *poiché protagonista ne era Guido Giacosa, padre di Giuseppe e Piero; e bisnonno di Nina Ruffini.*

La proposta mi interessò immediatamente. Da quel che Nina Ruffini aveva scritto, si intravedeva una vicenda ambigua, oscura, complessa. Una vicenda di cui credevo saper tutto, da quel che fuggevolmente ne avevano scritto i contemporanei siciliani. Per esempio, il Pagano: quando, nella cronaca dei sette giorni e mezzo della rivolta palermitana del 1866, si richiama agli avvenimenti del '62-63, liquida l'azione di Guido Giacosa, e del giudice istruttore Mari che lo affiancò, col giudizio che il primo ebbe «poco criterio» ed entrambi erano «ignari del dialetto e delle condizioni speciali dell'isola»; e, in conclusione, che avevano tutto sbagliato. Lo scritto di Nina Ruffini mi fece capire che invece sapevo ben poco, su quei fatti; e che forse il giudizio su quei due magistrati bisognava rivederlo su una piú minuta conoscenza dei fatti.

Cominciai a fare ricerche nell'Archivio di Stato palermitano: ma dopo una diecina di giorni ne uscii con un rapporto del tutto sommario (e impreciso, come poi mi accorsi) dei carabinieri. Nulla pure nell'Archivio Centrale di Roma. Cercai allora di mettermi in contatto con Nina Ruffini. Non mi fu facile: ci riuscii grazie a Vittorio Gorresio. Le scrissi. Mi rispose che mi metteva a disposizione tutti i documenti che aveva, e che andassi a vedere. Andai cosí a Colleretto Giacosa: trovai un'ospitalità e una gentilezza d'altri tempi (e migliori). La casa bellissima, piena di ricordi: ricordi che andavano da Zola a Gide, da Sarah Bernhardt a Giovanni Verga, da Tolstoj a Croce. Nina Ruffini per prima cosa mi fece vedere la firma di Verga incisa su un pilastro della veranda (mi diede poi una copia, che apposta aveva fatto fare aspettando la mia venuta, di una fotografia di Verga giovane: una fotografia che non avevo mai visto e in cui piú chiaramente che nelle altre si vede che Verga era – particolare cui solo Lawrence ha dato importanza – rosso di capelli, rosso malpelo*).*

Vidi tutti i documenti che aveva, li feci copiare. Non erano pochi; né è stato facile ordinarli, articolarli; semplificarli, in un certo senso. Spero di esserci riuscito; di avere corrisposto alla generosità e gentilezza di Nina Ruffini almeno con un racconto che sia chiaro a quante piú persone è possibile, e che interes-

94

si. E che interessi, voglio dire, in rapporto alle cose di oggi.

Avrei voluto che Nina Ruffini lo leggesse. Posso, purtroppo, soltanto pubblicarlo in memoria di lei.

[I documenti messi a disposizione dell'autore da Nina Ruffini appartengono a Piero e Rodolfo Malvezzi e Raimondo Craveri].

Nuovi Coralli
Pubblicazione settimanale, 22 maggio 1976
Direttore responsabile: Ernesto Ferrero
Registrazione presso il Tribunale di Torino, n. 2335, del 30 aprile 1973
Stampato per conto della Giulio Einaudi editore s. p. a.
presso le Officine Fotolitografiche s. p. a., Casarile (Milano)
Seconda edizione : dicembre 1976

C. L. 4603-7